U0671238

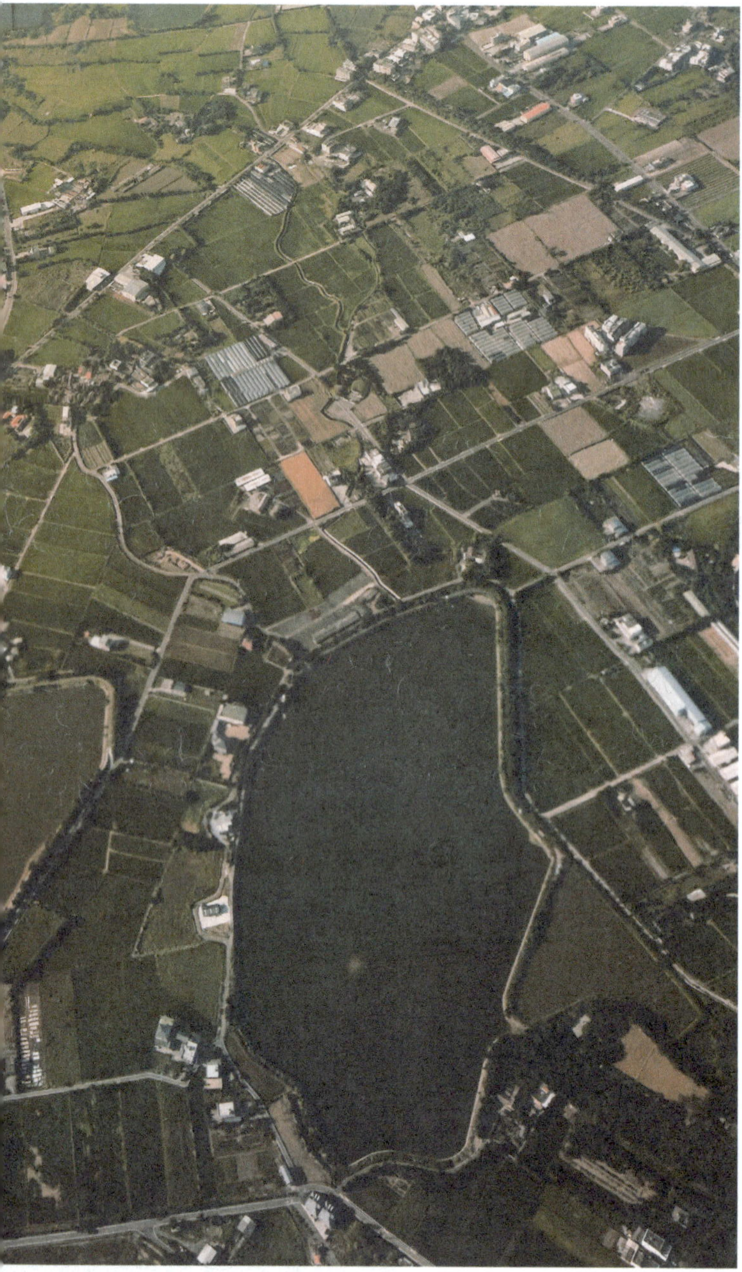

我的心是下坠的尘埃

我白

是下坠的尘埃　熊 焱◎著　南方出版社

我写诗，
是为了抵达孤独

（代序）

小时候我体弱多病，常常游离于人群之外。我开始在纸上信笔涂鸦，我随手记下的，是一个少年在成长中的孤独：那是渴望获得人群的注目！

当我开始投稿，在一次次石沉大海的挫折中，家人的阻止、同学的嘲讽，让我陷入漫长的迷茫和无助。那是一种恍恍迷离的孤独。

我记得初进大学的时候，同学间彼此还不太熟悉，我们在成都郊区的军营中进行军训。在军训的间歇，我们举行随机抽取的节目表演，我被抽中了，便起身朗诵诗歌。我郑重地告诉大家，那是我自己创作的诗歌作品，我原以为会听到赞赏，怎料引来的却是一阵响亮的哄笑。后来有一段时间，社会大众对诗人有极大的误解，甚至以段子进行恶搞和嘲讽。造成这种情况的原因是多方面的，但诗人群体中有部分人的不自重加剧了这种误解。写诗，是一项孤独的事业，你越是敬畏它，你越能获得它的青睐与眷顾。

而孤独，并不等于独处，也不等于处在无人理解的痛苦和空虚中。恰恰相反，很多时候我认为孤独是在热闹的人群中独享灵魂的静谧和心灵的富足。我就常常在飞机的轰鸣下，在高铁穿过千山万水的呼啸中，在公交车摇摇晃晃的颠簸里，在地铁向着幽暗的奔跑中，用手机断断续续地写下诗篇。四周都是人群杂乱的喧嚣，我独享那文字赐予我幸福的美好时刻。我认为，那也是一种孤独，一种不苟同于大众的精神的孤独。

后来，我在我喜欢的诗人们那里，也读到了一种我要努力向他们靠近的孤独。在那浩瀚的星空中，有杜甫"百年歌自苦，未见有知音"的孤独，有李白"众鸟高飞尽，孤云独去闲"的孤独，有柳宗元"孤舟蓑笠翁，独钓寒江雪"的孤独，有陈子昂"念天地之悠悠，独怆然而涕下"的孤独，有苏东坡"拣尽寒枝不肯栖，寂寞沙洲冷"的孤独，有马致远"夕阳西下，断肠人在天涯"的孤独，有李煜"问君能有几多愁，恰似一江春水向东流"

II

的孤独，有布罗茨基"我坐在黑暗里。难以分辨 / 内心的黑暗，与外面的黑暗，哪个更深"的孤独，有博尔赫斯"我们的爱里面有一种痛苦 / 与灵魂相仿佛"的孤独，有米沃什"我整个一生都在谎称这属于他们的世界是我的 / 并深知如此伴装并不光彩"的孤独，有奥登"而在他自己脆弱的一生中，他必须 / 尽可能隐受人类所有的委屈"的孤独，有特朗斯特罗姆"人在拥挤中 / 出生，活着，死去"的孤独，有沃尔科特"我们受苦，年华老去，/ 我们卸下货物，但舍不下 / 生命之累"的孤独……每一颗伟大的灵魂，都是穿过世界的喧闹，在孤独中发出深远的回声。

弗洛姆认为，孤独是恐惧的根源，要摆脱孤独，其中有一种方式便是进行创造性的活动，包括艺术创作和手工制作。正如我最初的写作，就是从孤独开始的，为的是排遣内心的寂寞。然而，这仅仅是世俗的、大众层面上的孤独。尼采说："那些了解孤独的人已经永远地超越了寂寞。不论他们是孤独还是与人们在一起，他们都归于自己的中心。"对真正的写作者而言，孤独不再是一种心境，而是一种能力，能够在精神上怀疑、否定、反叛这个世界，与世俗的庸俗和腐朽格格不入，拒绝与世俗的庸俗和腐朽同流合污，而葆有精神的独立与自由。尤其是诗坛上千篇一律、面目模

III

糊的同质化写作异常严峻的当下，太多的诗人把诗歌弄成了生活加糖的温开水、中产阶级的下午茶、肤浅的心灵鸡汤、浮光掠影的山水见闻，甚至是低俗、恶俗、媚俗的生活段子。因而，一个诗人葆有孤独就显得很有必要：远离热闹，不人云亦云，不邯郸学步，不随波逐流，而是站在精神的孤峰上，迎着风雨，独自走向茫茫长夜里的黎明与星光。我想，真正的写作者，是要通过写作抵达孤独。但是这并不意味着你要离群索居，茕茕孑立，而是在精神上，让孤独成为一种本真，成为不与世俗的庸俗和腐朽相同谋的加速器，从一大堆吵吵闹闹、面目相似的写作中呈现出独一无二的自我。一如哈罗德•布鲁姆所说："渴望写出伟大的作品就是渴望置身他处，置身于自己的时空之中，获得一种必然与历史传承和影响的焦虑相结合的原创性。"

写作者只有抵达孤独，才会持续地花费时间去认真阅读、思考和打磨技艺。只有一个置身于精神的孤独中的写作者，才是一个能从伟大的作品中聆听到作者深远的回声，并从中获得陌生的经验与认知的人。好书浩如烟海、汗牛充栋，穷尽一生也无法读尽，所以阅读也是披沙捡金的过程，那些妄图从几本经典中就能得窥文学门径，顺利抵达文学塔顶的人，只是急功近利的写作投机者。

IV

同时，置身于精神的孤独中的写作者，也是一个愿意冒险、敢于挑战，走出惯性的阴影、写作的舒适区的人；是一个具备自我反省意识、一次次尝试着穿越困境的人。这看似老生常谈、众人皆知的话题，却在这个碎片化、信息五光十色的时代里，被诸多诗人弃如敝屣。

写作是一门技艺。写作技艺是一个写作者走向成熟所必经的门槛，也是一个成熟诗人保持创作活力的催化剂。一个初学者没有经过写作技艺的日积月累的磨炼，是无法掌握写作内部的逻辑和肌理的；一个成熟的写作者随着写作实践的不断深入，其写作技艺也是需要不断完善、不断突破的，否则写作就会自我复制、滞足不前。对技艺精益求精的孜孜追求，才有可能真正体现鬼斧神工般的独运匠心，反之则是墨守成规的匠气。不过一个不容乐观的事实是，我们在谈论诗歌的技艺时，很多诗人已将诗歌写作中最基本的、规范化的元素置之不理，而对奇崛的形式、聱牙的语言、荒诞的审美情有独钟，并视之为技艺。而对那些朴素中显智慧、平常中见崎岖的作品，视之无技艺，这是多么肤浅而狭隘的认识。技艺并不是对光怪陆离、出其不意、陌生化的形式追求和修辞实验，而是对千丝万缕的写作逻辑和文本肌理的综合处理，并加以创新变化，无限可能地拓宽文学性的边界。

这其实意味着，对待诗歌，我们必须有一种持续不断的、献出毕生精力的内在热情。这是一种抵达精神孤独的过程，是生命渴求地向着崇高、独特的价值追求，并在这过程中于曲径通幽处遇到自己。略萨说："作家从内心深处感到写作是他经历和可能经历的最美好事情，因为对作家来说，写作意味着最好的生活方式，作家并不十分在意其作品可能产生的社会、政治和经济后果。"我赞同这种说法，当读诗、写诗成为一种生命的本真，便像吃饭、穿衣、睡觉一样，成为一种自然而然的行为。但在很多时候，一首诗的创作过程却是一种焦灼的煎熬，是福克纳所说的"一种人类精神烦恼中的劳动"，是一种绞尽脑汁也无能为力的挫败和沮丧之旅，可是作品一旦完成，并伴随有意料之外的佳句，内心中那种山穷水尽后重逢柳暗花明的微妙的愉悦真是难以言表，仿佛一种梦幻般的瞬息。写作所带来的世俗的满足就在于此，而不是赢得镁光灯下的鲜花与掌声。假如作品能够广为传颂，甚至流芳百世，那则是命运的眷顾和人生的奇遇。而每一次写作，写作者并不是为了寻找读者，而是在寻找那个真实的自己。

VI

诗，是灵魂深处绵延的回响，是人类的精神世界在幽暗的空间中电光石火的闪耀，是发现这个世界带给我们心灵的幽微的战栗，是一条道路通向过往岁月的记忆和走向未来的想象以及对神秘的探知。帕斯曾写下："我写作不是为了消磨时光 / 也不是为了使时光再生 / 而是为了我自己活着和再生。"希尼曾写下："我写诗 / 只为凝神自照，只为使黑暗发出回音。"当我经过二十年的诗歌历程，抵达疲倦的中年时，我终于明白："十八岁时我开始写诗，仅仅是灵光乍现的偶然 / 后来却成为我永恒的命运。我将为此耗尽一生 / 我确信诗人的声名不是来自于认同与赞美 / 而是从这世界获得的孤独，比岁月还深。"

王国维曾在《人间词话》中阐释成就事业的人生三境界，分别是"昨夜西风凋碧树，独上西楼，望尽天涯路""衣带渐宽终不悔，为伊消得人憔悴""众里寻他千百度，蓦然回首，那人却在，灯火阑珊处"。世人对此已有诸多论述，我则认为王国维的言外之意，是在阐释一层又一层的孤独的境界，自我在纷纷扰扰的俗世中处于孤独的中心。很多人因为孤独而写作，然后慢慢地习惯了写作的孤独，甚至享受这种写作的孤独。然而相对悲哀的是，不少人在这种孤独的写作中却在精神上与这个世界的庸俗和常规同谋。因此，每一个有抱负的诗人，必须要对自己发出追问："诗人何为？"这个由来已久的命题，是注定找不到统一答案的。但每一个诗歌写作者，都应该是自己所处时代与现实的实践者和参与者，并对时代与现实做出诗意的回应。而这种回应，不应该只是简单的社会责任的担当，而是对更广阔的外在世界以及人类心灵世界的真实认识、记录和洞悉。正如米沃什所定义的那样，诗歌是对"真实的热情追求"。我写诗，是为了抵达孤独，为了在蓦然回首中找到那个灯火阑珊处的自己，找到那颗诚实而滚烫的良心。

辑一 ◎ 轨迹

幸福和欢乐是命运的馈赠

给予他们吧，这人间苦命的人已太多

分给我一点孤独就够了

——《我所求》

轨迹

我的母亲怀着我的时候，差点去了医院引产
我幸运地来到人间，就像一滴水珠汇入大河
从此跟随浪花奔腾。整个少年时期
我历经病痛的折磨，多次命悬一线
当我反复丈量生死的界限，我确信人世的远方
不是死亡，而是肉体到灵魂的距离

十八岁时我开始写诗，仅仅是灵光乍现的偶然
后来却成为我永恒的命运。我将为此耗尽一生
我确信诗人的声名不是来自于认同与赞美
而是从这世界获得的孤独，比岁月还深

自我离乡后，夜空中的明月总让我想起父母
我确信这不是乡愁，而是血液在奔向它的源头

在我而立之年，白发探出双鬓
人生的积雪正在慢慢加深，直到高过头顶
这让我有着心慌意乱的羞愧
我上有年过古稀的高堂，下有嗷嗷待哺的幼儿
我在中间穿行，却是一手霜迹，一手灰烬
我确信我对凡尘的热爱，不是我的牵挂太深
而是这人世是一个巨大的长梦，我还未从中苏醒

2

如今我四十岁了，每天都在照镜子
我确信照见的不是我的脸，而是流逝的时间

而日落之后，长夜终将来临
这之前，我还要穿过贝壳孕育珍珠的苦心
穿过青草蓬勃的大地，到处都是生生不息的人民
我将听见一群孩童清亮的歌声，唱出满天星辰
我确信沉默的泥土在最终安放我的疲倦
不是生命走远，而是我出生时就在母亲的臂弯
最后辗转了一生，又回到母亲的怀里

(2020.3.5)

在人世

有时，生命在孤独中
渴望一个拥抱。即使那是万丈深渊
也要义无反顾地跳下去
就像银河浩瀚，流星坠落在梦里

有时，命运在直线中
渴望一次转弯。多少人生屈服于失败
岁月顺从于毫无波澜的死水
我承认，那就是生活

而每一次，心在刀割中
我都渴望一把盐。疼上加疼啊
只为提醒自己：人生苦短
我还在庸庸碌碌地活着

(2021.3.13)

4

容积

年少时我体弱多病，一次次抵临死亡的深渊
命运中有一种滋味，类似于胆汁

我从小生活在大山里，贫穷犹如贴身的单衣
生活中有一味苦药，名字叫黄连

后来我经历落榜、失恋、事业的困境
经历陡坡、低谷、隧道和转弯的岁月
我终于理解了：有时，挫败会埋伏在转角处
冷不丁地给予命运重重一击
有时，人生会在柳暗花明的坦途上
拐进山穷水尽的绝境——
这仿佛是灵魂的容积：苦乐参半，悲欣交集
让我穿越生死，学会忍受一切

(2021.11.4)

5

我的出生

我的出生是偶然的幸运：母亲在怀我的时候
原本是要引产的，后来因为一次意外
她便偷偷生下了我。这人生的际遇
有时会在拐弯处撞见奇迹。而我少时体弱多病
一次又一次，在死亡的深渊上踩着悬空的钢丝
母亲为此愁白了青丝，哭长了黑夜
父亲沉默着，在群山间朝耕暮息
心中汹涌着松涛与闪电。我看到沉默的泥土
生生不息地催生着种子发芽
又年复一年地安息着逝者的肉身
许多次我站在山坳上眺望层层叠叠的坡岭
想着我漫长的余生，是不是注定要重复着
祖辈们刀耕火种的宿命。十六岁的夏天
我接受了一个生死未卜的大手术
哦，有时候，病痛者继续活下去的奥义
在于冰冷的柳叶刀递来半丝人间的温情
在于脆弱的生命在绝境中抓住一线坚韧的悬梯
我开始拷问自己：我为何要来到这个世界？
尘世辽阔，生命伟大的海拔
正如大地上仰止的高山、银河中璀璨的星辰
但我卑微如低处的蝼蚁，只能踮着脚
努力去接近一抹东方露白的晨曦
我试着从生活的大浪中披沙沥金

从分行的汉语中寻找答卷：偏旁和部首中

有生命的起源。象形和会意里

有心灵的回音。当我颠沛半生

鬓染霜雪，我仍然孤独、胆怯、一事无成

这疲倦的中年，我终于活成了一个庸人的样子

活成了人潮涌动中一袭面目相似的侧影

而不断磨损的身体，渐成千疮百孔的蚁穴

好多次我在医院中接受机器的修补和检阅

常有挫败的沮丧感，顺从于听天由命的指令

这历经磨难的生命，有着千沟万壑的深沉

命运却不会因此而获得格外的恩赐与怜悯

当最终永夜来临，我将庸俗地过完一生

但我的灵魂在肉体的下沉中，靠近月光的晶莹

那时大地赐予我长眠——

仿佛是至深的关怀，更仿佛是终极的神谕

(2021.3.15)

时间留给我的

有时我穿过古镇的石板路、幽深的巷子
记忆是一种恍惚的错觉，仿佛正是我
在经历着那些往事中的荣光与衰落

有时我经过古遗址的废墟，断墙斑驳
泥土沉默。历史中有一种苍凉之美
人世间有一种繁华过后的沉寂

有时我回到故乡，看到田里稻谷金黄
就像世居于此的人，低垂着丰盈的灵魂

有时我在一壁爬山虎的墙院前停留
藤蔓悠长，就像梦境长于岁月
生活需要这样一种纠缠不休的交集

有时我参加亲人的葬礼，那告别的场景
又何尝不是我们在死亡时的提前预演

有时我在黄昏遇见迟暮的老人，沧桑的脸
近得宛若我在中年后加速向前的暮年
远得宛若退潮的大海卸下了浪高风急

有时我喜欢独自走向远方，身后跟着
星辰与日月。长路给人颠簸流离
命运给人悲欣交集，时间留给我的
除了爱，便只剩下生死

(2020.12.25)

夜里听闻一则喜讯

我起身到窗边，夜空正捧着月亮的银勺
向世界倾倒着寂静。山坡下的大海波光粼粼
它们与人世隔着一个梦的距离
多美的夜晚，我却怅然若失
仿佛这一切只是猝不及防的奇遇
而我的心早已习惯了痛苦
有时候，喜悦更让我感到悲切

(2022.1.27)

我已顺从于时间

十岁时，我幻想十八岁的样子：
鲜衣怒马，金榜题名
整个天下都是我的前程
而我十八岁时，正孤独地躲在教室的角落里
窗外，青春的天空有着坍塌的危险

二十岁时，我幻想着三十岁的样子：
青袍似春草，风华正青年
岁月春风得意，宛若星辰带电的飞行
而我三十岁时，每天双手空空地回到家里
灯光照着孤影，长夜抚慰着无眠

三十岁时，我幻想着四十岁的样子：
于大江中流击水，于山顶尽览风云
晨昏里闲庭信步，谈笑间云舒云卷
而我四十岁时，正为五斗米疲于奔命
泥沙落进额前的沟壑，秋风吹凉鬓边的霜雪

我已人至中年，偏西的日头
慢慢滑向黄昏的地平线
成败自有常理，生死已是天命
我不再幻想未知的命运，只是顺从于时间

唯有诗，是我血液中的那勺盐

唯有大地，终将会原谅我庸庸碌碌的生命

(2020.6.17)

我所求

我的署名在纸上，不过是两个字的位置
我只求我写下的文字，是经天平称量过的
盐与良心

幸福和欢乐是命运的馈赠
给予他们吧，这人间苦命的人已太多
分给我一点孤独就够了

生活有惊涛骇浪，现实有铜墙铁壁
很多时候，生存是一种匍匐的艰辛
我只求扶住我的腰板，那是拐杖带着我
颤巍巍地穿越黎明与深渊

而人生走到最后，不过是一匣盒子的面积
我只求最后的长夜如神谕，抚慰我永恒的沉寂

(2022.3.29)

在医院

满走廊都是同病的可怜人啊
一张张焦虑的面孔，仿佛海面下隐约的礁石
脆弱的身体在风浪中淘洗着人世的悲欢
我坐在候诊的人群中，压着隐隐作痛的胃
那里是潮汐涨落，沉积着生活的酸辣苦甜
人生的情仇爱憎。每当导诊的护士
把头探出门口喊号，既像是命运的召唤
又像是一次生死簿上的点名
我带着惶惑与忐忑，听着机器嗡嗡的蜂鸣
穿着绿衣服的医生坐在仪器前，僵硬着脸
仿佛也是一架机器，在身体的审判席上
漠视着这人间的痛疼。护士往我的静脉中
输入了麻醉剂。哦，肉身听任机器的摆布
灵魂却在怜悯活着的艰辛
人世虽有尽头，但生命的深度却远得不可探测
我醒来时，头仍在眩晕
身体仍在下沉。我走出门去
就像是从梦境中疲倦地回归
长途坎坷，人间风霜弥漫
满走廊都是同病的可怜人啊

一张张焦虑的面孔，隐忍着身体的劫难
而身后的门缓缓关上了，就像死神正躲在门后
认真地盘点着生死的清单

(2021.3.8)

14

奇迹

我小时生活在大山里，每当我幻想远方的大海时
便仰望深蓝的穹顶，那是风平浪静的大海
在银河中的倒影。我无数次在课堂上走神
做着大海航行的梦 ——
船头劈波在前，鱼群簇拥四周
人世波澜壮阔，命运的灯塔犹如天边的星辰闪烁
当我走向远方，穿过风暴与漩涡
鬓边的霜雪仿佛大海的盐粒
虚弱的耳鸣仿佛退潮的回声
我仍然双手空空，带不回灯塔下的一抹余晖
岁月蹉跎，我顺从于这平庸的人生：
守着死水微澜中一朵灯火的摇曳
守着孤独的文字耗尽生命的周期
也许在那时，我才会无限接近于灯塔的光亮
犹如神赐的奇迹

(2020.9.18)

15

我的心是下坠的尘埃

我把写诗当作攀登珠峰
那里白雪皑皑、冰川晶莹
仿佛是灵魂的白银

有一年夏天我走过青藏高原的腹地
大地静谧，宛若世界无声的梦境
头顶的碧空蓝得只剩咫尺的距离
我把它当作神的栖居

很多次我在万米高空的飞机上俯瞰地球
但见地表凹凸，宛如世人的痛苦
在尘世间奔波的人群，就像蚂蚁渡河
借着一片片树叶——

我的心，是一粒下坠的尘埃
顺着年龄平行于岁月
而时间有无限之远，命运有鸿羽之轻
生命最大的重力，来自于沉入大地

(2020.12.6)

16

长夜将尽

我一日日消耗的生命，在烛焰中
一寸寸地倾斜。我空着双手
熬过额头的秋凉、鬓边的霜降
数十春秋若一梦，余生只待向天明
岁月庸碌，生活宛若无底的枯井
早已溅不起水花的回音。我在一张白纸上
坚守黑暗中的勇气和耐心，并在黎明前
向大地许下承诺：长夜将尽
诗人的孤独，便是寻找人类的良心
许多次，我端着月光的细雪眺望天际
浩渺的银河群星闪耀，世界敞开着
万物都在光亮中，而我愧疚于
我的灵魂还在长长的阴影里

(2021.1.12)

17

课堂法则

我在偏远的山村长大。生活过早地
教诲着我：以乡村贫困的挣扎
以刀耕火种的艰辛。自小体弱多病的我
一次次目睹乡人们殒于矿井下的黑暗
消逝于积劳后的沉疴。生命就这般过早地
教诲着我：以病痛的折磨
以数次命悬一线的死里逃生
日复一日，脚下的路如同起落的抛物线
岁月的横轴和纵轴上，孤独成为永恒的定点
这人生漫长的课堂一直在教诲着我：
以一败涂地的事业、鸡零狗碎的婚姻
以马齿徒增的中年，以鬓角早早降落的霜雪
命运才是那道最无解的问题
而时间给出的答案
始终是忍着泪水，咬紧牙关

(2022.3.28)

白云赋

最初的记忆来自于草地，我躺着仰望天空
洁白的云朵仿佛棉絮，那么柔
那么轻，覆盖着我的睡眠
梦里星辰坠地，月光洁净得就像母亲的气息

我记得年少时生活的乡村
有时白云聚集，宛若雪峰绵延
有时月光皓洁，白云薄如蝉翼
有时晴空万里，一片浮云挂在天边
仿佛隐士登高，独望银河的背影
而云朵之下生活着我的乡亲
朴素地穿过箪瓢屡空的日子

许多次我透过飞机的舷窗，看到天空湛蓝
仿佛大海无垠，白云就是海面上静卧的冰雪
而遥远的海底下，则是深不可测的人间
白云苍狗，生死正在一日日地上演

有一年秋天我攀上黄山之巅，雨后初霁
远山云海翻卷，恰似排浪连天
云海中隐藏着千沟万壑
就像人世遍布了暗礁与深渊
这大自然神工鬼斧的手笔，正如时间修饰着命运

在我席不暇暖的中年，时间是白云的蜡染
在我的鬓边不断加染生命的印记
那是白云的白，岁月虚空的白
是洗尽铅华后灵魂的力气透过纸背的白
而人生最终的底色，不过是
一片浮云穿过晴空的寂静和蔚蓝

(2021.3.27)

20

草丛之间

年少时我常在山坡上读书。坡岭寂静
草木葱茏。我读出声母和韵母中起伏的鸟鸣
读出偏旁和部首间绵延的晴空
有时晨光浩大，有时夕晖满天
都仿佛是我在字里行间读得沸腾的热血
每当夜晚来临，我都在煤油灯下写作业
练习簿上纵横的空格，正如翻耕的阡陌
等着春播秋种。我的字迹歪歪斜斜
就像在地里种下夜露和星星
梦境有晶莹的洁白，接近于银河上的月辉
我曾梦想做科学家，像爱迪生发明电灯
给世界带来光明。我也曾梦想做宇航员
替人类探询太空的轨迹，在时间的弯曲中
穿越浩瀚的星际。而命运却安排我
在文字中洞察灵魂的秘密
在汉语中寻找良心的黄金
多少长夜里，我守着白纸的空茫描绘星空的辽远
耗尽血液中的热情聆听世界的回音
直到年过不惑，双鬓积雪日深
我仍在疲于奔命的艰辛中低头弯腰，碌碌无为
一颗肤浅的心灵，成为被大浪淘走的沙子
原来，我不过是在证明一个活着的真理：

多少人不甘于人生的平庸

却最终又不得不接受那平庸的命运

就像一只蝼蚁，一生都活在草丛之间

(2021.4.5)

22

岁月来信

我在镜子中签收岁月的来信：
在三十岁的春天，鬓边的几粒白发
是岁月蘸着秋霜写下的文字
笔锋如刀，有着北风的料峭

邮差是过隙的白驹。他很快又送来了信件
依旧是蘸着秋霜写的
笔力却在一寸寸地加深，一寸寸地
从纸背后透出寒意
那时，我正熬着三十岁的夏天

信越送越多，时间的大地上一片茫茫的霜迹
一直通向远方的落日和长夜
我在镜子中一一读信
措辞那么简洁，宛若大音无声
而宇宙间群星运行，光阴一去千里

我已人到中年，命运赐予的
我都平静地收取，就像大海接受星光的关怀
就像大地接受流水的抚慰

我将给岁月回信，踏着那片茫茫的霜迹

远处，铁器正在起锈，石头正在生苔

一条小路弯弯曲曲，一直通往墓园

(2020.3.8)

24

月亮

我最初的月亮是记忆中一轮晶莹的琥珀
那时我住在乡下，每个有月光的夜晚
我都在庭院嬉闹，在村庄寂静的怀抱中
童年一晃就过去了。月明如水
有着母亲笑而不语的温柔

后来，我的月亮变成了书中的意象
那是我寄愁心的月亮、千里共婵娟的月亮
那是照松间清泉的月亮、与潮水共生的月亮
那是故乡最明的月亮、边关上胡笳声咽的月亮
那是人约黄昏后的月亮、故国不堪回首的月亮
那是如钩似弓的月亮、照了古人又照今人的月亮

再后来我漂泊异乡，月亮的圆缺
就像我人生中起起伏伏的命运
而在长夜中，月亮总会怜悯我的孤独
有时它是虫子咬过我的心头
有时它是我乡愁的伤口上那把最咸的盐粒

有一夜它在梦中安慰了我。当我醒来
它已匆匆远去，却在我的鬓边留下了霜雪
那是劳碌的生命在岁月中结晶
是月光在镜子中倒影着时间

如今，我的月亮是晴空中天的月亮
我与它隔着四十年的距离，一片白茫茫的人间

(2020.4.29)

26

重逢

恍若另一个世界，这分别的二十年
是一段通向深渊的泥泞。我们已岁过四旬了
想起 20 岁的夏天，我们三个骑着摩托车
穿过月光下的乡村，一则岁月曲折的梦境
我身后的女孩，用温软的身子紧贴着我的后背
一种加速的张力，给我大海上颠簸的眩晕
月光仿佛洁白的婚纱，我差点就向她表白了
夜那么长啊，命运带着我们各奔东西
他把乡村教室的三尺讲台，走成了
微光摇曳的蜡炬。我穿过尘埃飞扬的青春
抵达中年悬空的钢丝。那月光下的女孩
已从一道窄门经过，失散于人世
这是壬寅年正月初四，我和她重逢于旧地
哦，时间一直在拐弯
风提着刀子，天空降下霜雪
而那些远逝的日子已成为一种昭示：
人生从无重逢，不过是在相聚中
一次次地练习永诀

(2022.2.6)

山坡

忙碌了半个下午，我累得坐在草地上歇息
旁边的庄稼地里，父母还在弯腰收割着油菜籽
他们脸上的汗水，仿佛昨夜月光留下的霜迹
天空明净，白云舒卷
透明的阳光有着蝉翼似的轻盈
有人站在山坳上大喊，一百米外的坡地里
一个中年女人慌慌张张地答应
我后来才知道，就在两个小时前
她的丈夫在山脚下的矿井中，随着冒顶的石头
沉入永恒的黑夜。半坡的盘山路上
一辆拉煤的货车正在奋力向上，粗壮的吼声
仿佛劳碌中巨大的喘息。多少次
我的父亲就是那样负重爬坡，我担心他
一不小心就踏虚了，生命失去平衡的支点
我看着莽莽苍苍的群山，幻想着远方的旅程
十岁的我，还不知道命运会将我领向何地
我羡慕那些天空的飞鸟，自由地消逝在天际
就像音符消逝于尾音，风消逝于寂静

(2020.9.29)

28

时间的深处有一只手

那时候，祖母经常牵着我的手往返于菜地
我喜欢生吃她种植的番茄和黄瓜
有着露水和蓝天的气息。我摇摇晃晃的童年
一次次地穿越她茧花粗糙的掌心
当她放手时，菜园已化为沉寂的墓地

那时候，父母牵着我的手走过贫困的岁月
在生活艰辛的磨难中，他们粗糙的手
是我蹒跚的行程中扶稳我背脊的支点
当我离乡千里，回首时他们已满头霜雪
还在村头朝我挥手，一轮夕阳正落至山巅

如今我已人到中年，牵着孩子们的手
穿越漫长的日夜，无数个悲喜的瞬间
就像江河引领流水掀起浪花的微响
就像天空引领飞鸟留下羽毛的痕迹
而在时间的深处，有一只手一直在牵着我
对我庸庸碌碌的生命，还未曾放弃

(2020.11.20)

29

人间鹑衣百结

裁缝缝合衣服上的破洞
鞋匠矫正鞋帮处的豁口
时间，则慢慢地修复心灵的伤痛

夜里我在一张白纸上修修补补：
人心早已千疮百孔
灵魂的小屋早已四处漏风

天明后我走上大街，行人那么多
就像密密麻麻的针脚
光阴正无声地拉着细线

人间鹑衣百结，恰如命运的那块补丁

(2020.6.7)

30

幻变

大自然的美仿佛一种奇迹 ——
悬崖上的孤树有独立高处的风度
沙漠里的泉眼有清水出尘的胸襟

误入树脂的昆虫在时间漫长的包裹中
成为晶莹的琥珀。蚌分泌的有机物
在血泪的磨砺中成为精美的珍珠

蝌蚪变成青蛙，那是生命有宏阔之力
蛹破茧成蝶，那是命运正经历彩虹似的梦境

岁月有丹青妙手，世界有鬼斧神工
而我对人类的悲哀，在于一个纯白如纸的孩子
在长大后成为变色的蜥蜴

(2021.1.24)

寂静

飞机轰鸣着，我的心有着大气层外的孤独
灵魂在摇晃中呈现一种蔚蓝的寂静
就像舷窗外无垠的蓝天
那是青花的孤品、大海的泪滴

当我随着呼啸的高铁穿越千山万水
心灵中有一种沉默，那是大地厚实的胸襟
仿佛铁轨上的共振，对应着群山的起伏
大河的奔腾和地平面上的无止境

而最大的寂静来自于乱麻麻的人群——
那是鲫鱼过江，蝼蚁爬行
那也是群蜂出巢，众鸟投林
在疲惫的奔波中，命运有泥沙俱下的喧闹
尘世有波澜壮阔的回音。我与他们的关系
类似于我在汉字中独自远行
山河绵延于脚下，群星高悬于头顶
我将从世界的重力中获得鸟一样的轻盈
就像翅膀卸下风，消失在遥远的飞翔里

(2021.6.6)

我幻想的人生

我幻想的人生仿佛是在一棵树里
向着天空的高度，以密密麻麻的圆圈
来计数我的岁月

我幻想站在危崖之上，远离森林的绿荫
我幻想独立荒野，与全世界的孤独保持一致

我将拥有细密的纹理，那是我做人的底线
我将拥有松香的结晶，仿佛琥珀的泪滴

我将拥有取暖的木材，供穷人们在风雪中生火
也供我在夜里熬着骨头给人类写一封长信

而在艰辛的磨砺中，命运赋予我坚硬的质地
那是百折不挠的气节，是滚烫的血液
与泥土融汇，加速地心的引力
最深处，那便是我根系

我幻想的人生仿佛是在一棵树里
向着天空的高度，接受星光的抚慰
聆听万籁的教诲。但我悲哀的是
总有人，会向时间递上锯把和斧柄

(2021.3.27)

33

一生中要做多少梦

一生中要做多少梦，才算是没有虚度睡眠
梦见辞世的故人，舀一勺月光
为我清洗双鬓上的微尘
梦见健在的亲友，抽出鸟鸣的琴弦
为我奏出心底滚烫的呜咽
很多时候，我在醒来后要么惊魂未定
要么怅然若失。想想这栉风沐雨的人生
我咽下的酸甜苦辣、经过的生离死别
又何尝不是一场未醒的梦境

许多年少时的旧知，早在岁月中走远
如今，我已渐渐回想不起
正如许多梦，翻过几道漫漫长夜
就忘得干干净净。而有的人与我素昧平生
只是在茫茫人海中惊鸿一瞥，却始终记忆犹新
正如有的梦，短暂，残缺
却让我一生都刻骨铭心

更多的时候，时间就像打了一个盹
梦里全是白驹过隙，醒来时我已人到中年
霜雪满地，华发渐深
我记得梦中无数个悲欣交集的瞬间 ——
艰辛的童年生活、被病魔折磨的少年时期

青年时代壮怀激烈，梦想却一次次灰飞烟灭
当我从梦中走来，最终会穿过日落抵达永夜
那时我将一睡不醒，那是人世最大的梦境
灵魂将在长梦中获得永恒的怜悯

(2021.4.20)（改旧作而得）

35

时间的两扇门敞开着

时间的两扇门敞开着：在生死之间
人生是一场风霜雪雨的苦旅

我的岁月一直在向着雪山不断攀登
雪线恰好与我的双鬓齐平
命运只是中途，便已抵达白茫茫的寒意

在昼夜之间，生命终究会与大地达成和解
正如时间终究会宽宥一切

(2021.8.29)

36

重读

一本书多年来被束之高阁。再次取出时
它满页的斑点、偶尔的虫洞
都是岁月苍老的锈迹
是隐藏在纸背后的天机，终于跳到了文字的面前
生命正在逐渐衰老，我第一次读它时才十八岁
蟋蟀的叫声低于露水，萤虫的微光高过天空
当我再读它时，却已岁至四旬
"日月窗间过马"，鬓边霜雪无声
我身体内的江河与大海、灵魂里的高山与平原
也终究会向时间举起苍茫的白旗
在这本书里，我重新读出青春一去千里
溃退的中年一败涂地。而在主角性命攸关的瞬间
书页上却只留下了空荡荡的虫洞
那是事件的另一个出口，仿佛是在等着我补充一笔
为人世中未知的命运铺垫一次转机

(2020.5.12)

在花楸山午读

临窗读书，如同在云上眺望渺渺星河
句子里掠过耀眼的闪电
纸张的背后全是雷霆的回音

群山绵延，寂静的坡岭正在收纳着
渐渐下沉的夕光。就像书读到动情时
停下来掩卷长思，心里落满生动的字迹
这样的时刻，是风匍匐于茶园
枝头的嫩芽，将在沸水中找到生活的真理
是飞鸟越过山巅，回荡在树梢的鸣叫
一滴滴如露水，接近于星辰的晶莹

陪着我的，是一盏红茶和窗下的虫吟
当我起身往水壶烧水，我指尖上文字的热
高于壶中滚烫的水温。我突然理解了
活着，是灵魂不断加热的过程
就像我理解了窗外层叠的群山
恰如我手中的书卷。大地草木蓬勃
命运阴晴圆缺。而深邃的天空仿佛大海的倒影

(2022.6.9)

云上的日落时分

从短暂的睡眠中醒来，飞机微微摇晃
失重的天空仿佛秋千在轻轻荡漾
在一群陌生的乘客中，我透过舷窗
望见天空深邃如大海，半枚夕阳挂在天边
那是海水冲刷的红玛瑙，有着一种晶莹的忧郁
我确信我迷醉于这样的时刻
就像是在溺水中挣扎着上岸

(2022.6.11)

39

邮筒

少年时期我经常往邮筒中寄信
那时我飞翔的青春等于鸿雁的一片羽翼

信笺上，手写的字迹犹如闪电携带星辰

春去秋回，鬓边的霜雪洗亮了岁月的锋刃
我的爱情是落花错付了流水

后来我再也收不到书信——
如同睡眠消逝于梦境

每次路过邮局，我都会看看悬挂的邮筒
仿佛里面住着一个久未寻访的亲人
一直在等着我去敲门

(2022.7.25)

40

辑
二
◎
某时某刻

有时候，一张白纸会在长夜中

替我找到你的回忆：那是雨后绯红的晨曦

早起的鸟鸣滚动着露水

仿佛在为天下的有情人发出爱的回声

——《有所忆》

某时某刻

与五岁的女儿互道晚安，我轻吻她脸颊的时候
母亲劳碌一天，困得靠在椅子上打盹
父亲给她盖上一条薄毯的时候
妻子从菜市场回来，鬓边斜插一抹朝晖的时候
我在深夜写诗，从中摸到我的孤独的时候

我的心，是刚刚脱壳的稻子
有着一粒白米的晶莹

(2020.4.28)

44

从医院出来

从医院出来，我们往家走
细雨在下，几声鸟鸣
如盐粒融化于水。命运的风暴从未平息
人世一直充满悲音。我牵起妻子的手
用了一把力。她在人群中假装很平静
除了我，没人知道她刚刚失去了父亲

(2022.4.9)

45

命运的中途遇见你

——致儿子

你的母亲进入产房很久了。我在走廊上踱来踱去
时间漫长得仿佛已历经一生
偶尔我伫立窗边，看到对面的楼顶上
一群鸽子不断飞起、盘旋，最后
它们飞向了广袤的天宇
我知道，一个即将到来的生命
是为了追逐长天自由的梦想、世界轻盈的飞行
当年我从母体出发，跌跌撞撞地穿过人世
峭壁处有奇景，柳暗中有花明
我在命运的中途遇见了你，这是梦幻的瞬息
是走遍多少万水千山后的奇迹
就像长江相逢大海，飞鸟邂逅天空
我们将一起经历颠簸的岁月、一个个悲喜的瞬间
尘世的星辰闪耀在前头，人海的浪花分涌在两边
而你将从人群中拐弯，拥抱你人生的银河系
正如现在我站在这里，等着你走出那道生命之门
就像世界张开臂弯，容纳人类世代相传的命运

(2020.7.4)

46

出生日

——致儿子

护士在下午把你从产房推回房间，还未来得及
给你洗澡，你粉红的头上留着斑斑血迹
仿佛你打开生命之门，带来朝霞的胭脂
长空蔚蓝，白云列队相送
我在中年的隘口，等来了我们在茫茫人海的相逢
这是命运在转弯中邂逅了奇迹
是两条溪流交汇，共赴大海的潮声
整个下午，你都在沉沉入睡
世界无限安静，比你的鼻息还轻
偶尔，你会短暂地睁开一只眼睛
就像是天边闪电划过，雷声却消失于你的睡眠
我不知道你有没有做梦，但这个下午
是我人生中浩大的梦境，是我的记忆中
不可重现的永恒。当夜晚来临
一轮明月挂在天边，那是世界献给你的
晶莹的水晶。我抱着你站在窗前
月光第一次照在你身上，宛若神的亲吻

(2021.5.28)

47

致女儿

那一年飞机故障，剧烈颠簸着下沉的时候
我以为此生休矣，生命将在自由落体中
获得永恒的寂静

天下一片空白，死神的宴席是一段张皇的艰辛之旅
我暂时忘记了其它，只是想起你的脸
一张露水和月光消融的脸
那是众生沉寂，你独自站在全世界的中心

(2020.5.16)

48

哭泣：致儿子

你大概要在四十年后，才会明白我如今的困境
幼儿嗷嗷待哺，高堂疾病缠身
尘世的沙泥藏在鞋中，生活的巨石悬于头顶
这中年男人疲倦的命运
就像行走于泥泞的深渊。每当我在家里劳作
卧室里传来你的哭声，我的心便一阵战栗
那是春风越过泥土，闪电穿过流水
我在人生的中途听见岁月的回声
我总会停下手中的活计，去卧室中看你
你太小了，只能以哭来表达情绪
哭得撕心裂肺，像是在等待着世界的抚慰
又像是要与世界抗争。而时间将会教育你
学会沉默，学会打碎了牙齿也要往肚里吞
正如现在的我，就是多年后你的镜子
而你，正带着我回返襁褓中的幼年
我握着你捏成拳头的小手，心里又一阵战栗
那温柔的小手指，让我宽恕我对这人生平庸的怨恨

(2020.7.8)

当他蹒跚学步时

当他蹒跚学步时，摇摇晃晃的样子
像风贴地而行，沾着月光的银粉

有时他会尖叫，那是闪电送来雨滴
类似于飞翔的鸟鸣，有着绒毛的触觉

有时他会跌倒，那是大地的摇篮失衡
属于他的时间，有着打滑的倾斜

有时他会停下来，观摩路边的花草和虫蚁
人生有一种好奇的天真，正是时间的秘密

——这多么像我最初学习写诗的样子
那么认真地，认真地学着认识这个世界
但他比我更像一位诗人，我在成年后所有的努力
就是渴望着从我的文字中重新回到孩提

(2021.9.23)

等于一

二十岁时我独自来到这里。一条路弯弯曲曲
一直跟在我的后面。我的生命是羽翼初齐的飞鸟
鸣叫与风声共振，翅膀与长空平行

穿街过巷里，我的青春是一盏路灯孤独的照耀
是一抹墨迹在纸张上压住文字的战栗
在二十七岁的拐角处，我遇到的姑娘
在后来成为我的妻子，成为长途中相濡以沫的背影
人世薄凉，而我们经历的霓虹高于天上的星光

岁过三旬，我鬓边渐生的华发
是岁月的邮差踩着早霜送来信件
并顺道在黄昏时，捎来了女儿的第一声哭泣
又在茫茫人海的正午中，领来我的儿子
我们大大小小的脚印，交织着生活的悲喜
坦途中有陷阱，山穷处有奇观
时间的深处有阴晴圆缺的命运
我踉踉跄跄地穿行于中年的漩涡
浪花飞溅，尘世的重力拉我向着深渊下沉
隔夜的月光卸下我的喧嚣
黄昏的秋风扶着我的疲倦
我在四十岁的隘口回望来路，最初我一个人的孤影
走成了四个人的足迹。而这不断递加的算术

却最终都等于一：我的一生因为爱而劳碌

他们与我的生命已成为一体

(2020.9.9)

记一个生日之夜

我们小跑过街道的时候，整个夜空正在晃荡
整条长街正在战栗。晚风高过银河
霓虹大于月辉。我们在街口拐上二楼的咖啡厅
在临窗的位置，看行人来往
听时间无声。街上的喧嚣
是琴弦荡漾着秋千，接住淅沥的雨滴
你的眼神纯净，恰如晴空无云
而人世刚从睡梦中苏醒
那时我们爱得无邪而单纯，还不知道
三个月后我们就各奔东西
从此成为路人，那一天我刚满二十四岁
以为这一生最重要的事情
除了写诗，便是爱你

(2020.7.4)

你来到这里

——致儿子

你睡在我的怀里，像河流归于湖泊

像幼苗在大树下找到绿荫。多么漫长的旅程啊

我已经四十岁了，你才来到这里

夜晚下落得更沉，你睡眠得更深

窗外的月光飘进来了，是岁月运来的细雪

我的双鬓已白了，你才终于来到这里

时间正垂直着距离，命运正曲折着弧线

而人间灯火辽阔，夜空中星辰闪烁

仿佛神的眼睛，带着无限怜悯

(2020.10.9)

乡关何在

在群山的腰身上、大地结实的胸膛间
故乡的村庄坐落在那里，仿佛可以更好地听见
从命运深处传来心跳的回音
每一次回来，我都怀念油菜花漫山遍野
托起金黄的山坡向着蓝天飞行
怀念沉甸甸的稻谷弯着腰身，像这片土地的乡民
在秋风中孕育着饱满而晶莹的内心
怀念炊烟的笔墨，在晨昏中素描生活的剪影
而炊烟下走动的牛马，把光阴咀嚼成青草的滋味
怀念月夜里孩童们嬉闹的笑声
就像摇铃上系着满天星辰……
这些漫长的记忆，恍若只是一个梦境
从时间长长的翻身中醒来，我看到乡人们早已走远
破败的房屋摇摇欲坠，荒芜的田地杂草丛生
偶尔从篱笆墙外踱出的颤巍巍的背影
那是病残的老人，等着地底的夜色漫过头顶
进村的羊肠小道已换成了柏油路
只有风从那里经过，直到暮色漫延
我的父母已年过古稀，一直在此坚守生命的根系
有一天他们长眠于大地，除了清明祭祖
我是不是就不会再重返故里？站在故乡的山巅
我伤感于村庄的暮气，痛心于土地的凋敝

然而，然而我这么感慨和矫情，全都因为
我如今生活在城市，早已忘记了
当年乡村岁月的疼痛、贫困与艰辛

(2020.3.10)

求医记

他已是帕金森病的中晚期，恍若人生的夕阳
已经落至山巅。走在门诊大楼的通道上
他颤巍巍的样子，像老树顶着暮晚的风雪
站在候症的人群中，他孤独的样子
像一叶小舟承接着巨浪的袭击
终于轮到他了。他哀声讲诉着病情：
行动倍加迟缓，半年暴瘦了三十斤
时隐时现的胃疼，总在夜晚折磨他的睡眠
神经科医生安排他做无痛胃镜检查
他去排队登记。漫长的等候
就像激流的漩涡卷起轰鸣
终于轮到他了。导诊的护士拒绝了他的申请
叫他先去做心电图检查，再去麻醉科
评估无痛胃镜的可能性。时值中午
之前给他诊断的神经科医生已经下班
今日将不复坐诊。他在午后重新挂号
又是漫长的候诊，而医生给他开列处方
不过才一分钟的时间。在心电图的检查室外
等了许久，终于轮到他了
他躺在床上，裸露着上身
黯淡的老年斑泛着时间的锈迹
松弛的肌肤有着苦瓜似的纹理
有时为了活着，生命在挣扎中

早已失去了尊严，也忘记了羞耻

机器读出他的心跳，起起伏伏的曲线

为他描述出坎坷不平的人生轨迹

他拐进隔壁的麻醉科，医生告诫他

不能做无痛胃镜。又是一番折腾

终于轮到他了，细长的管子顺食道而下

为他一一清点，这一生中

他咽下的酸辣与苦甜、泪水与鲜血

而在胃部淤积了数十年的痛苦，明显有哗变的痕迹

报告将在一周后出炉，生命也终将在不堪折磨中

等来死神的请柬。而黑夜降临

却要忍受黄昏时喧嚣的疲倦

正如有时生命远逝，却无处安置仓皇的暮年

(2020.5.27)

58

夜幕正在降临

我和孩子们进入病房时，外面暮色正在降临
走廊上的挂钟正在慢慢地指向黑夜

五十八岁的他躺在病床上，形容枯槁
宛如开花的败竹任凭着霜雪的侵袭
胃上的癌细胞已转移到肝肾 ——
生命最终的判决，从来都没有仁慈和怜悯

他连翻身都困难了，口齿也不太清晰
我和他无言地对视。长长地，我们的沉默
接近于一只昆虫误入蛛网的扑腾
接近于滴水穿石的回声

后来他微微蜷缩，闭上了眼睛
那是在假寐中，等着最后的长眠
来日无多了，但他的时间
将会成为另一种永恒
我和孩子们围聚在床边，像是在祈祷
更像是在等待着天使的来临

(2021.12.12 初稿)(2022.4.6 修改)

在山间听杜鹃夜啼

它撕心裂肺的嗓音里，悬着
一把明晃晃的刀刃

童年时我经常听到它的鸣叫，一声，一声
哀婉、悲切，像泪水跌宕于眼睑
像月光送来了隔夜的霜雪
那时麦地渐黄，山色渐青
我乡下的亲人们，正疲倦地穿越生活的艰辛

后来我离乡的岁月，成为人生漫长的苦役
那记忆中杜鹃的啼叫，已成为遥远的乡音
中间隔着乡民们起起伏伏的命运

我已人到中年。今夜在异乡的山谷中
斜月如钩，夜风似水
杜鹃的叫声哀婉、悲切，就像风尘仆仆的游子
一直在夜间赶路，经过茫茫人海
在与亲人重逢时发出令人心碎的哽咽

(2020.5.17)

60

年关

父亲很早就起床了。霜落了一地
风提着逡巡的刀子
他埋锅烧水，釜底的木柴
在烈焰中噼噼啪啪地爆出火星
母亲满面虔诚，在院子边点着香烛祭祀
我和八岁的哥哥充当下手，快活地跑来跑去
这是一年中盼望已久的时刻
新鲜的肥肉将会抚慰我们饥馑的胃
屠夫提着刀来了，明晃晃的刃
比白霜还要清冷。两个帮忙的壮汉也来了
挽着袖子，就要去圈里抓猪
这时群山后太阳初升，汹涌的霞光
宛若人世浩大的悲悯
而那头待宰的黑猪一直探着头，伸着身子
前爪搭在猪圈的门槛上，静静地望着这一切

(2020.5.28)

61

下午

离家很久的父亲回来了
尾随他的阳光有一种炫目的寂静
狗叫了两声，仿佛久违的欢欣

他坐下来擦汗，鬓边又新添了华发
时间深处的白霜正一层层地叠加生活的重力

那时我刚满六岁，还未理解年岁的艰辛
我只是围着他转来转去，他递给我的两颗糖果
全是童年的滋味

屋内的光线有着柔和的弯曲
人世在劳碌的奔波中有着短暂的松弛

我兴冲冲地跑到菜园，把父亲回家的消息
告诉在那里劳动的母亲。她的脸红了
在回家的路上走得慌乱而羞怯
就像一个刚刚成婚的新娘子

(2020.9.12)

葬礼上的父亲

父亲默默地坐在人群中出神。平静的样子
就像世界全都栖于他的梦里
三天前，他身患绝症的唯一的胞弟
把肉身的痛苦，与火葬场的炉火达成和解
奔忙了一生，最后命运的馈赠
不过是一盒小小的匣子。在热闹的葬礼上
父亲想起幼时他们爱玩的捉迷藏游戏
童年的时光在寻找和躲藏中变得丰富而轻盈
而生命却最终在躲藏中消失不见
如今游戏终结，亲人们为这场告别
举行盛大的仪式。唢呐高亢，锣鼓齐鸣
来自镇上的戏班子，把悲情唱成跑调的喜剧
持续的爆竹声如同转弯的大河
把人世哭出起起伏伏的呜咽
哦，人生已经够苦了，却还在远行时
背负巨大的喧嚣。我的父亲默默地坐在人群中
夕阳将沉，他已岁过古稀
生死对于他只是转瞬间出神的平静
就像世界全都栖于他的梦里

(2021.7.25)

63

一种语言

有时我会在写作时想起父亲的壮年之期
一个技艺精湛的木匠，用斧头劈开木材
用推刨将它们一一磨平。锯子沿着
墨斗拉出的线条，深入木头的纹理
就像是从闪电中找到雷霆，从石头中
找到璀璨的星火。凿子从一眼口子中
掏出森林中的鸟鸣、松涛的回声
牵钻从一个小孔中，诠释探幽入微的真理
那时我们住在贫困的山村，我经常跟在
父亲的身边，捡拾散落一地的刨花、碎屑
丢弃的边角料。我幻想着成为他那样的人
以灵巧的双手、粗壮的手臂
将木头变成椅子、桌子、柜子
甚至是木房子。我羡慕地以为那是一种
变幻的奇迹。直到多年后我才明白
那是一种语言，并充满诗意

(2022.5.20)

64

水灌进田里

水灌进田里，仿佛一种无声的劳碌
田野一片繁忙，乡人们正在耕田插秧
生病的父亲躺在床上已经十天了
仍无法下地。瘦弱的母亲赶着哺乳期的母牛
到田里犁地，她力气小，驭牛的技艺很生疏
犁铧只能翻开薄薄的一层泥土
她笨拙而忙乱，反反复复地耕耘
希望能从大地中找到生活更深的切口
牛喘息着，挣扎着，脚步深深浅浅
拖着命运的重负艰难向前。一个多月大的小牛犊
在田埂上跌跌撞撞，一遍遍地随着它的母亲
从这一头，往返于另一头
有时候，它会哞哞地叫几声
它的母亲偶尔会予以回应。那时候我才六岁
我和邻家的孩子在田间快乐地追逐
我们还不能理解，那牛哞中的爱与痛苦
更不能理解，生存是一种漫长的匍匐
长天下的人和牲畜，都在艰难的生存中
有着相似的孤独

(2022.6.19)

65

有所忆

大雨有着滂沱的呜咽
我们在街口分别，你的背影仿佛深渊上的悬梯

多年来我们不曾相见，人世有一堵墙
命运有一道天堑

有时候，一张白纸会在长夜中
替我找到你的回忆：那是雨后绯红的晨曦
早起的鸟鸣滚动着露水
仿佛在为天下的有情人发出爱的回声

(2021.3.21)

66

那是一年中最冷的时节

父亲从牛圈添完草料回来。头上顶着数粒雪片
仿佛岁月给生活留下调味的盐。尾随而至的夜风
长矛一般，亮出半截锋刃
他搓着冻僵的手，在火炉上烘烤
又移坐到桌边，专心地看着我和哥哥写作业
母亲在一旁缝补，时不时地抬眼看一下我们
偶尔她会咳嗽，就像劳作的锄头撞击着岩石
她身子羸弱，每年的冬天都会生病
她却很少看医生，强忍着疼痛穿越命运的冰雪
那是一年中最冷的时节。我们都不说话
有时大雪压弯树枝，雪团坠地的脆响
是我幻想中星辰落入大海的声音
我在格字本上写下稚嫩的字迹
就像土层下发芽的种子，等着在春天拔节
大雪在下，夜晚渐深
油灯微弱的光亮中，我们的影子在墙上挨挨挤挤
就像在那些贫寒的岁月里，我们紧紧地抱在一起

(2021.5.30)

贫穷让他们忍受着一切

病痛时，他们一直在忍
整夜辗转反侧，卧听风声

饥饿时，他们一直在忍
肚束三篾，像鱼暂时忘记了水

我记得那年大旱，母亲劳累得吐血
仍然颤巍巍地挣扎于贫瘠的庄稼地
父亲翻山越岭去挑水，每一滴
都是喊渴的血液

我记得那年洪水汹涌，卷走家里的水牛
母亲在河岸上惶急奔跑，痛哭失声
父亲看着地里被风暴摧残的禾苗一片狼藉
他咬着牙抽烟，久久地沉默不语

哦，每一次灾难过后，他们都更加贫穷
贫穷让他们忍受着一切

我开始慢慢理解贫穷中的生存
是一种在熔炉中千锤百炼的坚韧

后来我又理解，祖祖辈辈都是这么活下来的
这种生存中的坚韧，不是出于对命运的顺从
而是出于对生命的敬畏

直到成为生死的一部分

(2022.4.12)

69

七月回乡听蝉鸣

那是一片烧沸的水，带着翻腾的滚烫
是黎明将至，梦境起伏于荡漾的秋千

是一只误入蛛网的昆虫，在一圈圈细丝上颤抖
有时，命运的痛苦会越陷越深

我自小就熟悉这声音，就像熟悉我成长中的记忆
熟悉亲人们在烈日下劳作的艰辛
我的童年在那跌宕的嘶喊中
一次次地拉长摇摇晃晃的背影
季节火热，而年岁寒冷
仿佛只在歇晌之间，我就鬓间堆雪
我的中年是一片喧嚣的沼泽地
我的父母是风烛残年，静候着夕阳西沉的寂静

我伤感地坐在树荫下，那尖叫中
藏着一把吹毛立断的锋刃。而那躲在背后执刀的人
不曾有丝毫怜悯，一直在为人世发出时间的回声

(2021.7.30)

日常

人群奔涌着，就像是刚从梦中起身
这忙碌的一日，重复着一种出海似的颠簸
我从人群中穿过，正如船只分开水滴
时间分开昼夜。四周高楼如林
而命运始终是深邃的大海
风暴一直都在，我们却常常忽略了自己
正置身于沸腾的漩涡

(2021.12.7)

71

回乡偶书

夜里我喝醉了。岁至中年
酒，是一种浓度最高的乡情
我在院子边眺望天际，风拉紧了我的衣袖
像是要与我叙旧。檐下的灯光跟过来
如同坚冰在大河中消融
父母坐在门槛边说话，谈论着今年的春耕
年过古稀了，他们还在种地
不完全是为了生存，而是出于生活的惯性
夜深了，我直起身摇摇晃晃地往回走
生平第一次，我不为饮醉而自责和痛苦
多好啊，今夜我无需在酩酊中寻找归途

(2022.2.7)

柿子

在异乡的秋天我看见了满枝的柿子
我记得那种甜蜜，是血液中的味蕾
更是几近融化的爱，在我童年的岁月里
成为漫长的愉悦

最初栽下柿树的人早已不在人间
最初摘下柿子给我的人已近耄耋之年

现在我想采下那些尚未成熟的柿子
我需要那种酸涩，以匹配命运留给我的伤悲

(2022.6.7)

73

只有窗外的风打翻月光的杯盏

我们坐在人群中看书，仅仅相隔二十米
却仿佛是两颗行星的距离
橘黄的灯光，是这两颗行星间引力的潮汐
教室里鸦雀无声。偶尔书页翻动
像流星，带着光芒滑行
又像蝴蝶，刚刚打开斑斓的薄翼
那是我二十岁的冬天，一场细雪刚刚来过
那是天空对世界的表白。而我深知
我们倾心于彼此，但谁都不曾言明
只是在人群中，在看书的间歇
时不时地交换一下眼神，没有语言
也没有表情，只有窗外的风
失手打翻了月光的杯盏
倾泻出一地白茫茫的寂静

(2021.12.25)

童年

阳光照到那面扇形的草坡时，一群绵羊小跑过来
它们浑身雪白，有着雀跃的欢欣
仿佛舒卷的白云搬运着天空的倒影
在它们的身后，远远地跟着一只小羊
走得缓慢而疲倦。当它经过我时
轻轻地瞥了我一眼。那怯生生的目光
像极了我的童年孤单的样子

(2021.8.20)

辑

三

◎

中年的修辞

有时地铁领着我，像黑暗中的蚯蚓

向着孤独的深处一寸寸地掘进

有时我开着车堵在车流的缝隙里

进退维谷的样子，正如我四十岁的困境

——《方寸之地》

中年的修辞

我找不到精确的词语来描绘四十岁
这原本是一个深度意象的年纪
一个充满隐喻和象征的年纪

四十岁时，杜甫是万籁俱寂的月色中天
时代忍受着他的寂寂无名，但满天的星辰
正在为他修订着人类的历史
四十岁时，博尔赫斯是夏日的黄昏缓缓到来的宁静
是小径分岔的花园里那一抹永恒的时间
四十岁时，米沃什是颠沛中无尽延伸的长路
一列火车载着他从欧洲的风暴中抵达世界的黎明

今年我四十岁了，却还在穿越平庸的岁月
穿越人群中共同的、碌碌无为的命运
尘世拥挤，我的背影只是一行蹩脚的比喻

(2020.6.2)

中年

这是年龄渐长，人生逼近岁月的深渊
这是日头渐西，时钟催着我走向晚景

这是日益臃肿的身体，无处放置疲倦的灵魂
这是鬓边的霜雪，一日日地加深眼角的细纹

生活是一口深井，每天我放下吊桶取水
有时尘世的浮力推着我踉踉跄跄地后退
有时现实的重力又拉着我沉甸甸地下坠
我常常满足于一桶水中荡漾的月光与星辉

有时胸中也有伏枥的老骥一跃而起
不为千里奔驰，而是为了马蹄在地平线上
传来时间的回音。有时也渴望如雄鹰展翅
不为丈量大地与天空的距离，而是为了一叶鸿羽
穿越风一样加速的助推力。但更多的时候
我在草丛间疲于奔命
头顶银河浩瀚，脚下大地深远
我无数次在夜半惊醒，只觉激流回旋
我如一叶扁舟，小于一株浮萍
大于一片江湖的遥远
而命运中的历程，正在靠近灵魂的深度

(2021.7.22)

79

方寸之地

有时地铁领着我，像黑暗中的蚯蚓

向着孤独的深处一寸寸地掘进

有时我开着车堵在车流的缝隙里

进退维谷的样子，正如我四十岁的困境

有时我徒步十公里，在暮色中回到高层的蜗居

如倦鸟回到枝头的巢穴，双翅卸下月光的悲悯

有时我坐飞机越过蓝天白云，乘高铁翻过崇山峻岭

在疲于奔命的生活中，双鬓提前感知早霜的寒意

腰身提前承受命运的重力

人世有宽容，时间却从无怜悯之心

而我始终是绕着人生的周长转圈

头顶有时烈日当空，有时银月高悬

世界如此广大，于生命也仅是方寸之地

(2022.2.15)

年纪渐长

我的平静来自于人到中年，我已意识到
我将庸碌地过完一生。我的悲哀来自于
有人正遭受着与我曾经相类的困境
可我无能为力。我的温柔来自于世界给予我伤害
我在痛苦中慢慢地学着磨砺内心的晶莹
我的喜悦来自于我能够从诗歌中
为日益疏松的骨质找到一粒钙片
我的幸福来自于心有恻隐，还能为爱与感动
泪盈于睫。我的忧伤来自于年纪渐长
我经常在一杯酒中，在独处的时候
不停地返回往事中交叉的光影
而所有漫长的怀旧，都不过是一次次地自我怜悯

(2021.10.13)

失败之书

有时我焦虑得失眠，为未竟的事业
油盐酱醋的滋味、孩子们漫长的教育
有时我痛苦得不知所措，为亲人的离世
孤独中莫名其妙的伤悲、挫败后的心力交瘁
有时我绝望得崩溃，为解不开的爱情方程式
身体反反复复的病痛、大醉后的万念俱灰
哦，生命是一场远行的悲喜交集
有时在绝境中，恨不能从深渊上纵身一跃
仿佛生命有一种自由的孤绝之美
但生命的另一种崇高又在于，从山穷水尽里
抵达黎明的晨曦。正如人生似台风过境
最好的灵魂，是在风暴的磨砺中
泄出银河上闪烁的星辉
多么有愧啊，命运让我承受了这么多煎熬
可我的心，还依然这般浮躁

(2021.11.23)

从四十岁的长夜醒来

夜里数次醒来，梦里全是记忆中漫长的伤悲
就像街灯熄灭，往事送着我
挤出黑夜的缝隙。窗外北风哀怨
时间的深处总有一尾凄凉的颤音
妻儿睡在身边，我压抑着眼泪
听到风声替我把人世哽咽了一遍

（2021.11.25）

自省书

我有过亲人离世时撕裂心扉的疼痛
我有过女儿出生时如电闪般眩晕的幸福

我有过作为人子却未能尽孝的羞愧
我有过年少轻狂中铸成大错的懊悔

我为人世汹涌的喧嚣而倍感孤独
我为炮火中难民的挣扎而潸然落泪

我为人类禽兽般的暴行而怀揣愤怒
我为风雪中贩夫走卒的奔波而无限哀愁

今年我四十岁，命运让我经历了这一切
就是为了让我要学会好好地怜悯自己

(2020.4.20)

84

我已被光阴用旧

我从小就经历着病痛和贫困
就像命运反复地淬火生铁

无数次失败、哭泣
心中的刺，至今还未拔尽

白发早早地扎根在鬓边，就像山巅积雪
岁月的高寒是一种白茫茫的寂静

每一次去医院，都像是一次量刑
胃疼、肩周炎、心房增大……漏风的身体
就像渐渐溃败的蚁穴

我已被光阴用旧，一路走得风尘仆仆
我爱着的亲人和朋友，还在与我一路同行

我爱着白纸上辽阔的苍茫
一滴墨汁，带着闪电的手迹

我一直怜悯穷人的耐心和坚韧
正在学着宽恕人世对我的伤害和攻击

我已四旬有余

一副中年身，半颗老灵魂

(2022.7.30)

背影

无法直视自己的后背
后脑勺处，一直响着生命的鞭声

我无数次观察那些形态各异的背影
世界有缤纷之色，人生皆是疲劳之命
多少弯腰劳作、负重向前
又有多少卑躬屈膝、匍匐待令
让我通过众生来理解自己——
一粒尘埃太轻，只能借着风来飞行

有时背影是一种乡愁，却在钢筋水泥的丛林中
找不到回乡的路。有时背影是火车远去
铁轨延伸着漫长的伤悲

有时背影是消逝的岁月、若隐若现的回忆
一条大河就是人生的全部，在时间的航行中
它留下的背影仅剩狂澜和静水

如今，我从拥挤的尘世穿过半生
身边人来人往，那么多的背影仿佛都是我啊
——平庸而笨拙，胆怯而卑微

而活着，不过是留给人世的一道背影

如果我们不曾转身，那一定是在隐忍着泪水

(2022.6.13)

生命在庸碌中衰老

送女儿到校时，初升的阳光正从高楼间照过来
如同我们与远方打了一个照面。操场上的孩子
正在蹦蹦跳跳，仿佛树枝上的露水闪耀着晨曦
我的心战栗了一下：就像潮水上涨时
睡眠中的大海翻了一个身
多少次，我感动于如此温馨的瞬间：
戴红领巾的孩童搀扶着陌生的老人穿过斑马线
街头拥抱的情侣，把时间定格成漫长的记忆
人世辽阔，生命在庸碌中不断衰老
我已双鬓染雪，抵临中年的深渊
我满足于困顿里的清粥小菜、劳碌中的淡茶白水
满足于儿女绕膝的喧闹、家长里短的琐碎
每当夜深时，孩子们全都睡去
我在文字中寻觅灵魂的源泉
我只要世界给我添加血液中的两勺盐
一勺是孤独，一勺是寂静

(2020.9.22)

重读我的旧诗集

在书房的角落里，它羞涩而胆怯
像流浪的孩子等待着认领
封面已陈旧，扉页已磨损
泛黄的纸张稀稀疏疏地落着时间的锈迹
我摩挲着那些熟悉的文字
一再确信，那不是梦境和记忆
是那个身子单薄的青年朝我迎面走来
鲁莽地撞见我双鬓霜尘的中年
我看到他从分岔的田埂上
隐入沸腾的蛙鸣。从曲折的山路中
抵达高楼下的绿荫。面前是霓虹的光影
身后是星辰和鸟鸣镶入月光的银饰
偶尔，他也会蹲在墙角哭泣
但岁月总会安慰他的天真。每当夜晚来临
他梦见彩虹和闪电，灵魂在日出时飞跃山巅
而奔驰的青春转眼就在拐角处消失
就像我走马观花，草草地合上诗集的最后一页
我怅然若失地站在原地，久久不敢转身
生怕一回头，就抵达我蹒跚的暮年
那是命运拎着鞭子等在那里，我一生蹉跎岁月
必将接受它无情的训诫

(2021.10.22)

90

我将一直站在他们的中间

我记得那些庄稼地里的脸庞饱经风霜
就像大海在那里翻动着生活的潮汐
我记得建筑工地上如蚁匍匐的身影
他们从地心向上，用力把天空举过头顶
我记得整夜整夜地奔波的长途货车司机
穿山过桥，把命运跑成转弯的曲线
我记得在街边手推车的小贩、晨曦中出门的环卫工
记得车间里忙碌的臂弯、街巷间穿梭不息的快递员
记得灾难中无助的泪眼、喜庆时荡漾的笑颜……
他们都是我的同袍，与我共处一片大地
我记得我很小就参与农活，度过刀耕火种的岁月
我记得我在七月的烈日下，逐户找寻出租的蜗居
而我身边人潮汹涌，我将一直站在他们的中间

(2020.3.6)

91

镜中的人

自照镜子时，我总想走进去
安慰一下那个鬓角霜白的人
那个独自抱紧孤独的人
世界日新月异，他还在守着一堆肉身的废墟

有时生活的谜底就隐藏在那块玻璃的背面
正是镜中的人告诉了我，憔悴时
脸上是干涸的沼泽地
悲痛时，眼里是发红的钨丝
忧伤时眉宇间云山雾水，秋风翻卷如哭泣

我哀愁于镜中的人一日日老去
他哀愁于镜子是时间的磨刀石 ——
正是在那里，一把被磨得雪亮的锋刃
正白茫茫地指着我的背脊

(2022.8.27)

四十岁，初秋登峨眉山

越来越力不从心的身体，还在一步步向上攀爬
而岁月中苍茫的年龄，却在逐渐下山

人生已到拐弯处，就像这上山的中途
曲折地通往更高的山峰。我已登不上金顶了
借路边的石头，短暂地卸下我中年的劳碌
鸟鸣、虫吟和流水声，仿佛是一种怜悯的安慰
阳光的碎片从树梢间，落下光斑点点
那是白驹过隙，多少年华就这样消失得悄无声息
我羡慕树上的猴子，一群山野的隐士
在雀跃中，把这个下午抛成荡漾的秋千
哦，熬过这个秋天就是严冬了
生活的冰雪就要来临。我喘喘气
看看远山迷雾缥缈，宛若苍狗白云
而我已颠沛半生，仍旧双手空空
唯有大地以宽容回应我的平庸
群山以沉默回应我的孤独与寂静

(2021.1.19)

93

夜归

夜里远行归来，满城灯火高高低低
就像群星俯身人间，带着温暖和怜悯
在一个发光的窗口里
我将从世界的喧嚣中找到寂静

夜色中的城市仿佛是小别后重逢的亲人
我熟悉那些纵横交错的街巷、鳞次栉比的楼宇
熟悉高楼中无限伸展的幽深空间
尽管我来自异乡，却仿佛一梦醒来
我就一直生活在此：一勺月光称出了往事的重量
穿城而过的河流是我与生俱来的口音

出租车载着我，向着灯火的深处驶去
就像鲨鱼在深海中潜行
而海面风平浪静，时间在暗流汹涌中悄无声息
当我抬起头时，已是双鬓斑白的中年
回顾昨夜的梦境、记忆中熙攘的岁月
我恍然大悟：四十岁了，我还一直都是夜晚的归人
走在回家的途中，就像在与人世分享一段长长的愉悦

(2020.3.7)

空白

四十岁的中年仿佛寒夜中天，带霜的风
拭着弦月的锋刃。我的鬓边华发渐深
这年岁的底色渐渐地接近空白

偶尔，生活会赐予我短暂的喜悦
但唯有孤独才是属于永恒的时间
多少次我凝望落日悲壮地西沉
黑夜降临前，地平线便是生命长眠的空白

我将逐渐忘记，人世对我的屈辱和伤害
却会铭记痛苦的长诀、朋友们离世的瞬间
活下来的亲人已越来越少了
这人生的减法正一步步地逼近空白

而我奔波半生，不过是命运
向我诠释庸庸碌碌的含义
生命已浪费如斯。唯有诗
还在等着我，在一张白纸的背后留下空白

(2020.12.21)

妥协

年少时，第一次在动物园中看到老虎和狮子
我悲哀于，那孤傲的灵魂、拔山的伟力
胸腔中顺着大地绵延的啸声
全都困于牢笼的方寸之地。人生在苟活中
为满足世人的私欲而熄灭精神的微熹
后来我在马戏团中看到小丑，我悲哀于
一颗幽默的心灵，为博世界的欢颜而装疯扮傻
为生活的施舍而在假面下掩藏真实的自己
当我从尘世的漩涡中抵达困顿的中年
秋风在眼角刻下锈迹，月光在鬓边卸下细雪
在时间拐弯的阴影中，生命留下泪痕和血迹
我终于理解了动物园里的老虎和狮子
正如我在写诗的过程中，一颗高蹈的心
总是受困于这门古老的手艺
而马戏团里的小丑，又何尝不是我自己
在一次次的失败后，不得不与命运达成妥协

(2020.12.22)

二郎滩夜饮记

我来时四十岁，正好与洞中一坛陈酿的年岁相等
时间的深处有一种香味被命名为酱
启封时，如命运掀开我鬓边的月光

生命在这里仿佛是一粒糯高粱
在窖池的反复发酵与蒸煮中
抱紧了液体中的火焰，又在岁月的洞藏里
沉淀着蜜蜡般微黄的记忆
正如人生总在漂泊中卸下铅华和浮尘
最后在一个瓮中找到酩酊的沉睡

归期尚早，这辗转的中年正值微醺
我仿佛坐在云上夜饮 ——
酒坛高过天空，露水大于星辰
舌尖上闪电滚动，肺腑间荡漾着雷霆的回声
而味蕾中全是故乡的粮食与泉水
二郎滩的河谷正好等于一杯酒的深度
我与一杯酒同行的距离，正好等于整个人间

(2020.9.7)

中年的病情

微信群仿佛一间病房，他们哀伤而热烈
谈论着病情：腰椎已有数日无法直立
那是命运在负重中向着现实低头
胰腺炎有飓风来袭之痛
糖尿病有滴水穿石之忧
高血压如同埋雷，痛风如同刮骨
肠胃间泥沙翻卷，肺叶里结节暗伏……
哦，人生常常是在身体的磨损中
抵达孤绝的峰顶。这是疲倦的
险象环生的中年。这是生活的大海上
小舟不断漏水的中年。有时，生存如同写诗
让他们在疼痛中学习生命的技艺
又在疼痛中学着理解孤独的真理
——生死常在转瞬之间
活着的每一刻都仿佛是弥留之际

(2022.2.8)

泥泞

我的母亲已年过古稀，脆弱的膝盖
越来越承不住岁月的磨损。她老迈、多病
想用尽黄昏的光热来爱我们
却越来越力不从心

我的岳父才五十七岁，帕金森病的中晚期
就像暴风中的枯枝，颤抖着不听使唤的宿命
而胃部汹涌的哗变，如寒霜覆盖着大雪
从检查到住院手术，我一直都陪着他
却又只能眼睁睁地看他独自踩着死亡的钢丝

我的妻子忙碌于琐碎的家务、孩子的教育
又忧心于眼角渐深的细纹、日益臃肿的腰身
有时我们为一件小事争吵，打翻一地鸡毛
——多少爱情终将栽倒于婚姻平庸的陷阱

我的女儿还不到六岁，她的睡梦
是一颗大大的棒棒糖，是玩具花花绿绿的幻变
偶尔她发脾气，使着小性子
一块巧克力，就让她的世界融化成一片蜜
而我惭愧于，还不知道如何做一个好父亲

我的儿子还在襁褓之中，流着口水

挥舞着双手，仿佛是想要抓住天空的白云
那是生命中向上的引力。我羡慕他
一个婴儿的梦想，是星辰闪耀着银河之巅
但作为父亲，我又怜悯于四十年后
他将重复我的命运，在这中年的泥泞中
生活给予我们漫长的教育

(2020.7.30)

100

夜宴

——与马嘶、宋尾、王志国等诸君

我们不停地说起往事。这四十岁的中年
是一场微醺后的怀旧。我们说起灰暗的青春
感动于那些苍白的日子闪烁短暂的火焰
感动于一直坚守的梦想，尽管渺茫
却有着萤虫赶路的微光
岁月最深的真理，是从华发与皱纹中
打磨出友谊的金石。人生最深的奥义
是从富贵与贫穷中，共握温暖的掌心
哦，一杯酒有静水深流的荡漾
尘世有波澜壮阔的奔涌
而诗，是这一杯酒中最深长的余味
替我们拉长了尘世的回声
当夜宴散去，我们都醉了
微微倾斜的夜，已扶不稳踉跄的步履
我试着用胸中尚未平息的微澜
去连接记忆深处的电流，却接通了
一盏幽暗的路灯，它在巷子的尽头孤独地照耀
仿佛命运的抚慰，带着关切与怜悯

(2020.12.16)

101

傍晚

群山倾斜着，似乎想托住下沉的落日

岁月就像群峰间连绵起伏的坡岭
那弯曲中下滑的山脊，正是疲倦的中年

我已年过四旬，还在努力地
托着渐渐下沉的年纪。但这一天终将告别
人世每日都在上演着生死

(2021.5.29)

读某本小说集

作者默默无闻，文字也不够华丽
但我喜欢这种诚实的手艺，而炫技
大多数是一种唬人的鬼把戏
我喜欢那抹叙事的语调，仿佛是在异域
邂逅亲切的乡音。我喜欢故事中
那些悲欢离合的爱情，仿佛是为我
提前安排了人生。我喜欢故事的发生地
那座虚构的村子，偏僻、穷困
仿佛我的故土，我要为此耗尽一生
我最感动的是故事中的那些小人物
他们永远是世界的配角，辛劳了半生
仍然平庸、胆怯，一事无成
但是善良、温顺而单纯，像极了我自己

(2021.9.4)

重复

我一次次地写下中年的焦虑和危机
这仿佛写作的大忌：在自我的复制中设置陷阱
这平庸的中年，本就是一首失败之诗
我愿意，像一个制造银器的匠人
一遍遍地重复打磨的工序
为的是让这颗心灵，在中年的长夜中
孤独地保持着一抹白银的晶莹

(2020.1.19)

临渊而行

梦中我一直在踩着悬空的钢丝
伴着年少的病痛与贫困、青春的飞扬与空虚
四十岁的长夜是一道凌厉的弧线
岁月仿佛一把扶手，勉强稳住我的平衡

醒来时我正临渊而行，世界陡峭
天空下垂着一把长长的旋梯

我的影子在深渊里，一种疲劳的挣扎
一种庸俗得麻木的平静
那么多来来往往的人，高喊、哭泣、歌唱
他们其实仍在梦境里。而天空在不断抬升
深渊还在不断下沉

我想沿着旋梯去到更高处，云端上
灵魂还在那里。我的中年恰如人生的险地
活着，本就是在攀爬绝境

(2022.3.17)

辑
四
◎
入梦宛如一场远行

我醒来。夜虫叫得那么明亮

就像露水，在颤抖的琴弦上悬而未滴

很久了，我都无法入睡

一轮明月，正整勺整勺地

倾倒着全世界的孤独

也只有它，才配得上与我一同失眠

——《我醒来》

入梦宛如一场远行

每次从梦里醒来，都是从另一个时空中
回到了现实。有时我走得太远太急
归来时满身疲倦。有时我历经刺激的冒险
获得了意外的愉悦。有时我遭遇悲惨的变故
我哭疼了全世界的伤心……
当记忆在时间的弯曲中变得恍惚
我会忘记梦境。当记忆沿着时间的顺时针向前
我会想起梦境，仿佛人生只在眨眼的瞬息
如果我梦见了往事，那是我穿越时间
回到了过去。如果我梦见了陌生的场景
那是我在探寻时间无尽的边界
哦，生命是一场悲欢离合的苦役
命运从不怜悯这人生马不停蹄的艰辛
每次我从梦里醒来，都是从另一个时空中
回到了现实。山河有序，群星运行
我带着白发与皱纹，岁月带着沉默与生死

(2020.11.24)

夜里我梦见我啜泣

夜里我梦见我啜泣 ——
满天星辰闪烁，时间的锋刃上挂着霜迹

我已人至中年，历经磨难的生命
只能在梦中放下尊严，放下尘世的片刻重力

泪水结晶出一粒粒的盐
正如鬓边的华发，一寸寸地露出月光的雪

醒来时雨水淅沥，世界正在屏着呼吸

(2020.10.2)

在细处

太幽微了：显微镜下的秘密
心灵深处曲径通幽的迷宫
有多少孤独、爱与惶恐，多少悲悯、幸福与宽容
像萤虫的微光，对应着浩瀚的星空
正如滴水有穿石之力，羽翼有天空的高度
一首诗要在细节中，看见人类的欢愉与悲苦

(202.1.11)

我所理解的孤独

酒已饮尽。下山的路上夜虫齐鸣

仿佛酒盅里珍珠滚动，桌子上的空杯

正等待着承接住清泠泠的回声

有时，我们需要的孤独

是在山巅上寻得一阵微醺。人到中年

岁月洞悉我灵魂深处的那份酩酊

在一个山坳处，我们下车观看悬崖上的飞瀑

一匹白练的孤绝之路，就像命运走到绝境

却义无反顾地跃下深渊，完成人生壮烈的美学

有人突然掩面哭泣。头顶明月高悬

碧蓝的夜空仿佛青花的瓷器

(2022.1.28)

我醒来

我醒来。夜虫叫得那么明亮
就像露水，在颤抖的琴弦上悬而未滴
很久了，我都无法入睡
一轮明月，正整勺整勺地
倾倒着全世界的孤独
也只有它，才配得上与我一同失眠

(2020.3.8)

诺言

群山之上，必有孤峰兀立
蝼蚁之间，必有鹤立鸡群

我也曾有过搏击长空的鸿鹄之志
但命运安排我一生都要匍匐于大地

因为我写诗，我的心将与泥土融为一体

(2021.7.28)

菜市场

她蹲在地上娴熟地杀鱼。粗大的指节
沾满了鱼鳞和鲜血。这是她谋生的技艺
却不幸在为世人的腹欲杀戮
她的上衣有些短了，露出了粗壮的腰身
以及半截蓝色的内裤。她几岁的儿子
趴在凳子上，跪着写作业
我希望这个世界给他提供的答案
不是从鱼腹中取出的黄澄澄的鱼卵
而是旁边摊位上的青菜、萝卜和土豆
他突然喊她："妈妈，衣服拉一下，拉一下！"
她一边宰鱼，一边凶狠地训斥他
小男孩怯生生地收回目光，就像星辰
躲进阴翳的积云。当她宰杀完毕
起身，用湿漉漉的手，拉了一下上衣
我注意到她的眼中闪过一丝羞怯
一粒水珠挂在鼻翼，就像眼泪将滴未滴

(2020.3.9)

114

鸟鸣

两只鸟在窗外鸣叫。我不认识的鸟
各据一根枝头，一只叫一声，另一只便回应一声
就像颤抖的琴弦，接住了
下坠的雨滴。偶尔，它们会合叫两声
后来，它们一起合鸣，长长地叫
欢悦地叫。像两条溪涧交汇
共赴高山与流水
我羡慕它们，能从这世界的吟唱中
找到知音的回声

(2020.3.14)

夜里从海边醒来

半夜从梦中惊醒，仿佛出海归来
劲风掠过船头，浪花跟在身后
我与人世的距离，约等于一汪大海的宽度

窗外谁在喊我，口音中带着咸味
那是大海的夜汐，正在铺开波澜壮阔的命运
西天一轮银月高挂，向人间派送着白银
我却只领到了三两孤独，半斤静谧

(2020.11.27)

抚琴

有一次我在房间里写作，楼上突然传来琴声
那么悠扬和明净，就像林间的山瀑
从高处落下，在低处汇集成一潭翡翠
数粒水珠坠在我的心尖，亮晶晶地
一直悬而未滴。我不通音律
却久久地听得入神。我仿佛是从远方赶来
越过青春和少年，穿过晚霞与晨曦
抵达我鬓染霜雪的中年
飞瀑白如月光，水滴大于星辰
余音高过林间滚动的松涛声
我愿意在这一池深潭中潜水
抓住那些浮在水滴上的闪光的鱼鳞
在我抬起头来，露出水面呼吸的间隙
我要加快写作的速度，与楼上的琴声和鸣
我也是纸上的琴师呀，一枚枚文字
都是跳动的音符，滑过岁月在星空上寂静的倒影
从我的指尖下，从力气穿透的纸背间
发出空蒙的回音

(2020.4.20)

夜行

我曾看见环卫工天不亮就出门了。夜里风很大
吹落满树黄叶。他要赶在天明前
递上一条干干净净的长街
我曾看见送奶工也是天不亮就出门了。雨水淅沥
他穿着雨披辗转在城市的楼梯间
为别人搬运着加钙的岁月
我曾看见晚归的父母，一次次地
从夜色中带回月光的霜迹
我曾看见街边守着夜宵的摊主，皱巴巴的脸
被霓虹挤压在低处的长夜
而世界无际无边，那么多夜里卑微的劳动者
就像蚯蚓在地下滚动着泥土的潮汐
有时我守着一张白纸写作，向着更深的孤独夜行
一粒粒汉字匍匐向前，正如命运
不会轻易宽恕这人生漫长的疲倦
远方是黎明在汹涌着晨曦。而头顶苍穹辽阔
点点繁星闪烁，那是天上的劳工
正打着手电在银河中取水

(2020.4.22)

118

我们在梦中离别
　　　——仿博尔赫斯

我梦见她在做梦。空气中
风涌动着彼此的鼻息

她的梦境里，我正在梦见她做梦
时间正在远去，拐弯处全是星辉和夜晚的阴影

我们在世界的尽头离别。她递给我
一枚戒指和一滴泪水

我醒来时，戒指正戴在指间
泪水正躺在掌心。门帘轻颤
仿佛梦里的她，刚刚离去

天下那么大，却也只是一个梦境
有时一次离别，却让我们用去了整个人间

(2020.5.11)

119

一首诗的沉默

一首诗应该拥有的沉默，是从岁月静好中
找到洗碗工冻伤的双手、小贩们失去尊严的大哭

是从加糖的咖啡与甜点中
找到被药片浸泡的疼痛、被纱布包扎的伤口

是从莺歌燕舞的假声中
找到带血的嗓子、肺活量中雷霆的震动

是从花红柳绿的旅行中
找到流离失所的背影、炮火中世界的一片疮痍

是从修辞的炼金术中
找到脉搏的跳动、生命生生不息的欢乐与痛苦

而生命轻若尘埃，却又会在一首诗中
像沉默的大地一样生长着稻米
用以哺育人类的良心

(2020.12.20)

写诗的过程

那是灵魂在沼泽中挣扎，又在时间的包围中
成为精神的琥珀

那是匠人守着古老的手艺
从磨砺的石头中取出夜空的星辰

那是在波澜壮阔的深处，一张网
捕捞大海的回声

那是蜘蛛在天花板上，垂下悬空的天梯
只为抓住大地的重力

当我从人头攒动的尘世经过
白发萧萧中，心脏的血液燃成了灰烬
而我相遇的，仍是自己孤独的影子
我终于相信：写诗，不再是布道
而是一种——
在长夜中穿越黎明的祈祷

(2020.12.27)

汉语的诗篇

我记得我最初识字的情景
那是夏天的夜晚，我的父亲在煤油灯下教我
他的声音很轻，像星星一颗颗落在窗前
我记得语文老师在课堂上的谆谆善诱
记得字典里无限浩渺的空间
那是跋涉的长途，我穿过山川和大海、岛屿和平原
我有天空中飞翔时撞击气流和云朵的眩晕
也有沉入大地时被草木和鸟鸣簇拥的愉悦

后来我开始写诗，像开锁的人、淘金的人
昼夜不息地寻找着汉语的密码与黄金
象形和会意中有生命的起源
偏旁和部首中有不断延长的时间
假如我偶然觅得了佳句，那便是梦幻的瞬息
尽管我写下的，满纸都是拙劣的败笔
但我已足够幸运，从中获得了我对人世永恒的爱
获得了汉语赐予诗人的不朽的尊严

(2020.3.1)

122

诗人

我站在孤岛上。脚下的大海正在涨潮
潮水退去时，群峰将会耸立
间隔着悬崖万丈的深渊
我将走向天边。身后繁星闪烁
那是银河举着灯盏，照见人类的茫茫前程

(2020.3.23)

123

作为一个诗人

——向 W.H. 奥登致敬

我愿意站在字里行间的被审席上
接受良心的询问

我愿意熬尽血液中的最后一粒盐
只为尝到人生的一丝咸味

我愿意在冰雪中抱薪生火
只为温暖穷人们在寒风中哆嗦的灵魂

我愿意向真理低头，向善与美
献上字典中全部的花朵与星辉

我写诗二十二年了，却一直辜负着汉语的馈赠
辜负着岁月给予我的深情的抚慰
而我作为诗人，我愿意忍受永恒的孤独
忍受人世漫长的嘲讽与误会

(2020.6.16)

在浣花溪饮酒，致杜甫

陈酿清澈，仿佛西岭雪山的倒影
入喉时珍珠滚动，恰如柳树上的莺啼

可你已顺江远去，老病的孤舟消失于茫茫大水

酒席间，他们谈起你出生的巩义、飘零的长安
饥寒交迫的天水、长眠的汨罗江畔
我都曾一一经过啊，但我愧疚于
在你走过的足迹上，我带着甜点和咖啡
而你，始终负重着生命与泪水

他们又谈起你的诗篇，那是民族的灵魂
是昼夜闪亮，而又大于天空的星辰
而黄金埋入沙砾，珠玉藏于灰烬
一个帝国气象万千，却不配拥有你的肩膀
撑住半面摇摇欲坠的天际
你的孤独，从来就不是让世人理解
只是留给历史的经纬线

夜露浓了，他们依旧说得那么热烈

也略带些许惋惜。只有我沉默未语

你从来都不属于喧嚣，只有大地才能匹配你的寂静

你从来都不属于大唐，你只是属于人类永恒的时间

(2020.3.3)

自然课

蝉虫在土里啜饮漫长的黑暗
只为追逐光，羽化出最后的飞翔

昙花在夜间开放，刹那的芳华
只为诠释永恒的美学之光

蜉蝣朝生暮死，生命的奥义已超越时间
不在于短长，而关乎于完整

蝌蚪生长为青蛙，蛹破茧成蝴蝶
命运常常在艰难的历程中蕴藏着奇迹

北极蛤活到五百岁以上，百岁兰生存逾千年
活着，是一种隐藏的耐心和坚韧

(2022.10.16)

傍晚的彩虹

我刚从泥泞中拐弯，抬头就看到西天的彩虹——
那是梦境在向上弯曲，从七彩的拱门中
顶高了天空。那是阳光和雨水的拥抱
从臂弯里拉曲了银河的弧度
行人在回家，倦鸟在归巢
我的人生匆匆忙忙，生活偶尔以温馨的馈赠
抚慰我的辛苦。正如这傍晚绚丽的彩虹
让大地变得松弛，让时间延伸着长度
一座座楼宇隔街相望，阳台上刚刚成婚的女子
还在回味着婚礼上那抹胭脂的羞红

(2020.5.20)

遥远的落日

从成都出发时已近中午，苍茫的陇蜀道上
我在武都抵达了两个省的孤独

途经天水时大雨如注，天地间无限迷蒙
就像是这片土地对一个写诗的人
进行深情的挽留

夜宿兰州，宾馆外黄河奔流
就像一只低低吹奏的埙，整夜走在我的梦中

敦煌前一百公里，两辆惨烈相撞的小货车
截断了整条去路。这人生的旅途
总有突如其来的祸福

玉门关外，一株胡杨在阳光下朝我招手
那是等待了多少个日日夜夜，才迎来了彼此的初见
风拉着我，为我压低久违的激动

大漠一望无垠，如同时间一览无余
却又永不见底。而雅丹地貌正是时间深不可测的神秘
又是时间神工鬼斧的幻影

终于看到夕阳下沉，吻着大漠辽阔的地平线

它血红的脸，有着伤感的美丽
天空一片安宁，大地一派肃静
只有天边辉煌的夕光，仿佛是一曲恢弘的神谕
而我风尘仆仆地来到这里，只为与这一天的落日
壮丽地说一声再见，正如我们奔波一生
不过是在与人世的告别，做着漫长的准备

(2020.3.13)

向西

公路空荡荡的，一直伸进天际
仿佛航船远去，留下一条大河的背影

车窗外原野茫茫，那是大地摊开的手掌
开阔处，恰似灵魂的朝向

红柳和芨芨草托着大地的重力
一寸一寸地顽强生长，那是带刺的苦修
倚靠着阳光，倚靠着风
而我倚靠着命运浩大的凄苦

祁连山与我结伴而行，峰顶的积雪
仿佛月光的梦境。哦，岁月中有一种高寒
人生中有一片白茫茫的孤单

我已华发渐生，生命的日头一路向西
正好与雪山称兄道弟

日落前天空已近，而人世太远

(2021.3.25)

山腰

山腰上，一棵古树大得要双臂合围
仿佛一个隐士深切地眺望天际

左侧山谷幽深，溪水在流
宛若老唱片中苍凉的嗓子

一只鹭鸶从树梢飞过
顺着风向的翅膀，驮来两扇阳光

树荫里蝉鸣激越，如同荡得高高的秋千

我已在树下坐了很久，仿佛在尘世经历了一切
待到星辰在天，我才能抱月归去

(2022.10.15)

凉州词

玉米已经收走了，留下金黄的秸秆
茫茫地延伸着大地，就像岁月深处泛黄的经卷
要在秋风中翻晒半个季节。一条柏油路从中穿过
拉成一个漫长的镜头
把命运交给未来，把光阴推向无限

阳光有着喧嚣的热情。秋风微寒
宛如凉州的大马跑过琵琶颤抖的琴弦
蓝天又高又远，就像银河的镜子
倒映着全世界的海平面。东边的祁连山一直跟着我
素描着绵延的地平线。峰顶上白雪皑皑
那是它向天堂呈献灵魂的白银

这是十月的上午，我穿行于河西幽深的走廊
身边闪过的，是天地间隐秘的倾斜
是时间的动静，随着祁连山上的积雪泛着冷光
我在这生命空旷的苦行中，获得天空般深蓝的安宁
而远处的三座农舍外，羊群正走下坡地
后面跟着的农民，拖着尘埃般匍匐的身影
正如这山河有多壮丽，人间便有多艰辛

(2020.3.14)

133

晨雨的乡间

我梦见自己冒雨走了一生
醒来时，晨雨在下
仿佛是地平线上还未消失的足音

这是六月的乡间，瓦瓴上晨雨轻响
如珠玉拨弦，如我整夜在梦中
倾诉着对世界的眷恋

我已奔波半生，这细雨中泥泞的中年
不过是过隙的白驹，带着尘土消失于空谷
不过是平庸的人生里寂静的瞬间

我在这里，在岁月的漂浮中短暂地搁浅
终将有一个港湾，像故乡一样接纳我永恒的命运

窗外是广阔的田野，几个农人在雨中劳作
更广阔的大地上，一派忙碌的人间
而细雨，正斜织着人间漫长的悲喜

(2020.6.27)

在那色

我是从雾中来的，是这里的风
把云雾裁剪成白发，别在我的鬓边

我也是从悬崖边来的，群峰间的峡谷
那么深，像极了我的孤独

抵达山巅时，雾散了
群山正在起身，万千峰峦绵延不绝
那是大地在棋盘上排列着时间

它们挨挨挤挤，像是在一起用力
向上抬升穹顶。而沟壑间深渊纵横
如同人世的谜面

我来得有些晚了，未能在这群峰中
提早占据一个位置。但我也是一座山体
矗立在自己的海拔里
天空开阔无垠，正迎接着我们的奔腾

(2022.7.29)

135

玉龙雪山

山顶上落着月光的霜迹
纳西族的匠人正翻晒着灵魂中的盐粒
连夜打造白花花的银饰

天空那么近，恍若岩石吻着天边的白云
风微微地发冷，那是雪花银的纯度
有着一百克拉的质地

我来时已是中年，双鬓积雪渐深
仿佛与雪山的年龄相等

(2020.8.28)

蓝月谷

河流抱着一块翡翠往下走

陡峭处雪白的落差，正好等于高原的海拔
平缓处清澈得恍若一个长梦

我用去半个颠沛的中年抵达这里
仿佛是回到记忆中血液的源头：
水声如乡音婉转，一朵浪花是祖祖辈辈的籍贯

我俯身于尘埃中，就像路边的那头白牦牛
披着月光的银袍在尘世苦修
而头顶晴空如洗，雪山正远远地站在天际

(2020.9.3)

黄昏，过长平之战遗址

群山绵延如奔驰的万马千军
西风凛冽，恰如他们喊出的杀气

天空有肃穆的表情，夕阳有迷离的泪眼
我站在高岗上，风吹疼了我
就像大海收走一朵浪花的声息

天下啊，历史不过是夕照群山的大音无声
江山不过是马蹄下的一抹烟尘

你我皆为布衣，今生的命运大不过一只蝼蚁

(2021.8.30)

汨罗山谒屈原墓

当楚国已成浑浊的泥淖，一个人的清醒
不过是留给那个世界一道孤独的背影
流泪是一种叹息，"哀民生之多艰"
长路是一种求索，"虽九死其犹未悔"

国之沉沦时，在江边纵身一跃
那是生命最壮烈的审美
更是长夜中振聋发聩的天问

一条江承接了他的重量。泥沙与水草
波澜与静水，成为楚辞中生动的修饰
从此，端午的思念如同熟透的糯米
有着粒粒饱满的晶莹

如今，汨罗山坡岭寂静
大地以涵容之怀，抚慰着一颗忧愤的灵魂
林间鸟鸣如滚动的露水，跌宕着离骚的韵
不远处，山下的江水连绵不绝
就像一个民族生生不息的诗篇
其源头，一直在为浪漫命名

(2022.6.21)

冬日，从高空俯瞰北方

从飞机的舷窗望下去，冬日的北方
一片苍茫的羊皮纸
毛边的面料、磨砂的质感
约等于人生的主题
凸凹的地表上，铺着薄薄的雪
就像起伏的伤痕洒着盐 ——
这是大地在为人世承受着痛苦
正如我的心敞开着，向世界舒展
一直在容纳着深渊与沟渠

(2021.12.12)

140

偶遇

她从夕光里走过来，萍水相逢的陌生人
在茫茫人海的匆匆一瞥，让我在后来的岁月中
已忘记了她的样子，只记得那情景
就像在阅读中遇见了神来之笔

(2022.6.11)

141

调音

一架琴在墙角，相似于我的命运
辗转半生，终是困于方寸之地

一个音符高亢了，它原本是低沉的
像是对现实的叛逆，不甘于某种平庸的束缚力
还有一个音符喑哑了，在世界喧嚣的轰鸣中
它胆怯得失去了发言的勇气

更多的音符是在合唱，整齐划一的假声响遏行云

而最好的调音师，是用尽一生
专注于这项痛苦的手艺
从那些走失的音准中，找出真实的自己
正如我从白纸的背后
找出泪水中的盐，和血液里的良心

(2021.1.15)

回声

暴雨在下，天空扶不稳滚动的雷霆
就像乌云的肺活量，喊出银河的回声

飞瀑从悬崖跌落，白花花的涧鸣
在深谷，仿佛岁月的回声

山野有虫鸣兽吟，城市有车啸人语
风，是大地的回声

生活有分钗断带的悲苦，人世有花好月圆的欢悦
命运从未沉默，无时无刻不在发出回声

一个人出生时啼哭，死亡时悄无声息
一生中曲曲折折的足迹，那是生命的回声

而我，愿意从一张白纸的背后
以汉语的气力，找到灵魂的回声

(2021.1.5)

143

不速之客

小说家写作到零点，刚伸了一个懒腰
不速之客就破门而入：冷峻的脸
芒刺的眼神，手中的弯刀泛着山巅的雪光
他认得他，正是小说家正在创作的小说中
那个杀人如麻的刀客。一分钟前
小说家还在文字中安置刀客的命运
不承想，他便找上门来，向小说家索要
自己命运的抉择权。他早已厌倦了刀口嗜血的日子
厌倦了他在草菅人命中木偶似的岁月
他痛苦万分，激动地对小说家喊起来：
"你才是真正的刽子手
我要替那些刀下的冤魂复仇"
走投无路的小说家在千钧一发中突然灵机一动
拔掉了电脑的插头。刀客消失了
寂静的房间就像一个虚空的长梦
小说家回想起那个老生常谈的命题：
"作品写到一定程度，人物便有了自己的命运"
现在，他就陷入了命运的迷宫中
看不清小说中那个刀客的结局
也看不清自己未知的前景。他闻到手上的血腥
与书架上的那一摞历史书，有着相似的气息
满纸叫疼的哭喊、伤痕累累的肉身
刀光剑影中穿梭着行尸走肉的灵魂

次日他弄来了一把手枪，又打开电脑写作

等着复仇的刀客上门。他相信再快的刀

也敌不过子弹的飞翔。零点的时候

小说家听到走廊外传来枪声，不速之客破门而入

冷峻的脸、芒刺的眼神

只是手中握着的，是一把黝黑的手枪

枪口还轻烟一缕，像他的愤怒久久不息

(2020.5.22)

145

图书在版编目（CIP）数据

我的心是下坠的尘埃 / 熊焱著 . -- 海口 : 南方出版社 , 2023.5

ISBN 978-7-5501-8298-1

Ⅰ . ①我… Ⅱ . ①熊… Ⅲ . ①诗集—中国—当代 Ⅳ . ① I227

中国国家版本馆 CIP 数据核字 (2023) 第 086662 号

我的心是下坠的尘埃

WO DE XIN SHI XIAZHUI DE CHENAI

熊　焱【著】

责任编辑：高　皓

装帧设计：臧立平 @typo_d

出版发行：南方出版社

邮政编码：570208

社　　址：海南省海口市和平大道 70 号

电　　话：（0898）66160822

传　　真：（0898）66160830

经　　销：全国新华书店

印　　刷：河北鹏润印刷有限公司

开　　本：860 mm×1092 mm　1/32

印　　张：5

字　　数：81 千字

版　　次：2023 年 5 月第 1 版　2023 年 5 月第 1 次印刷

定　　价：59.90 元

捧 读 文 化
触及身心的阅读

全国总经销

出 品 人 　　程 　碧

特约编辑 　　师明月

装帧设计 　　臧立平 @typo_d